瑞蘭國際

瑞蘭國際

必考！

新日檢N5
文法・句型

讀解練習・模擬試題　滿載！

本間岐理　著

作者からの言葉

　N5という初級段階において、文法の基礎をしっかりと把握することは、その後N4、N3と進んでいくために、非常に重要です。また、文法とは、「聞く、話す、読む、書く」基礎になるものです。本書は文法をきちんと整理しながら、検定試験への合格を目指すだけでなく、日本語が上手く運用できるようになることを願って作りました。

　本書の特徴は、各文法を単なる中国語訳で理解させようとするのではなく、しっかり押さえておかなければならない要点や注意点を加えながら、詳しい文法説明をしている点と、文法の説明を分かりやすくするために、できるだけ表にまとめたり、図で表したりしている点です。また、練習問題も豊富で、各項目で学習した文法がすぐに練習できるようになっています。各課の最後には、日本語検定試験の出題形式と同じ形式の練習問題「やってみよう」を載せています。

　この本を通じて、多くの学習者が効果的に学習でき、一人でも検定試験受験者がN5に合格できるようにと願っています。また、この本の出版にあたり、忙しい中翻訳を助けてくださった方々、多くのアドバイスや支持をしてくださった瑞蘭出版社の皆様に感謝いたします。

本間 岐理

作者的話

在 N5 這樣的初級階段，好好把握文法基礎，對之後邁向 N4、N3 來說是非常重要的。此外，文法即代表著「聽、說、讀、寫」的基礎。本書全盤整理文法，不只期盼學習者以通過檢定考試為目標，更是為了能夠流暢地運用日語而編撰。

而本書的特色，並非單純地用中文翻譯讓學習者理解各種文法，而是一邊提出非確切抓住不可的重點和注意事項，一邊為了詳細說明文法，讓文法說明更淺顯易懂，還盡量彙整成表格或以圖示說明。另外，練習題也十分豐富，讓學習者可以立刻練習各個項目所學到的文法。每一單元的最後，還刊載著和日本語能力測驗出題形式完全相同的練習題「やってみよう」。

期望透過本書，讓眾多學習者能夠有效學習，以及更多的應考者能通過新日檢 N5。最後，這本書得以出版，要感謝百忙之中幫忙翻譯的各位，以及給予許多建議與支持的瑞蘭出版社同仁。

本間岐理

（中文翻譯：楊嘉怡）

如何使用本書

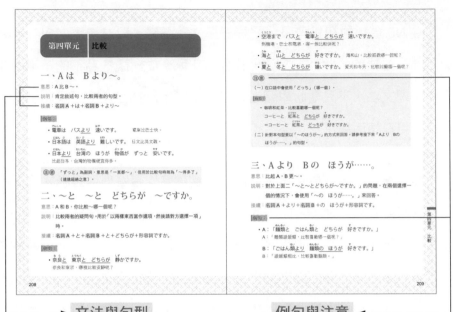

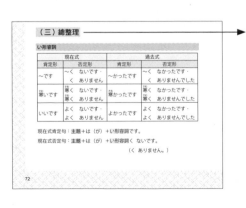

文法與句型

透過「意思」、「説明」、「接續」的順序,詳細解説文法或句型的應用。

例句與注意

列舉實用且精準的「例句」,搭配「注意」的小提醒,學習過程更印象深刻。

表格統整時態、形式變化

不管是現在式、過去式的變化,或是肯定形、否定形的規則,透過表格統整更清晰。

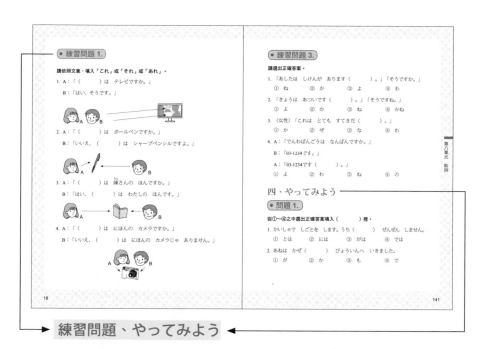

● 練習問題 1.

讀依照文意，填入「これ」或「それ」或「あれ」。

1. A：「（　　　）は　テレビですか。」

B：「はい、そうです。」

2. A：「（　　　）は　ボールペンですか。」

B：「いいえ、（　　　）は　シャープペンシルですよ。」

3. A：「（　　　）は　陳さんの　ほんですか。」

B：「はい、（　　　）は　わたしの　ほんです。」

4. A：「（　　　）は　にほんの　カメラですか。」

B：「いいえ、（　　　）は　にほんの　カメラじゃ　ありません。」

18

● 練習問題 3.

讀選出正確答案。

1. 「あしたは　しけんが　あります（　　　）。」「そうですか。」

① ね　　② か　　③ わ　　④ よ

2. 「きょうは　あついです（　　　）。」「そうですね。」

① よ　　② か　　③ ね　　④ かね

3. （女性）「これは　とても　すてきだ（　　　）。」

① か　　② ぜ　　③ ね　　④ わ

4. A：「でんわばんごうは　なんばんですか。」

B：「03-1234です。」

A：「03-1234です（　　　）。」

① よ　　② わ　　③ ね　　④ の

四、やってみよう

● 問題 1.

從①～④之中選出正確答案填入（　　　）裡。

1. かいしゃで　しごとを　します。うち（　　　）ぜんぜん　しません。

① とは　　② には　　③ がは　　④ では

2. あねは　かぜ（　　　）びょういんへ　いきました。

① が　　② か　　③ も　　④ で

141

第八單元　助詞

練習問題、やってみよう

吸收完文法、句型，寫一寫練習問題，立即驗收讀書成效！

讀解問題

模擬N5檢定考讀解問題題型，
從練習中熟悉應考重點。

● 讀解問題

從①～④之中選出正確答案填入（　　　）裡。

わたしの　へやに　つくえや　いすや　ベッド（A）あります。テレビは（B）。でも、わたしは　おんがくが　すきですから、へやに　おおきい　CDプレーヤーが　あります。たなの　うえに　CDが（C）あります。ひる　となりの　いえに（D）いません（E）、おおきい　おとで　CDを　ききます。とても　きもちが　いいさす。

A. ① に　　② か　　③ が　　④ は

B. ① います　　② いません　　③ あります　　④ ありません

C. ① たくさん　　② あまり　　③ とても　　④ すこし

D. ① だれか　　② だれが　　③ だれも　　④ だれ

E. ① それから　　② しかし　　③ それでは　　④ ですから

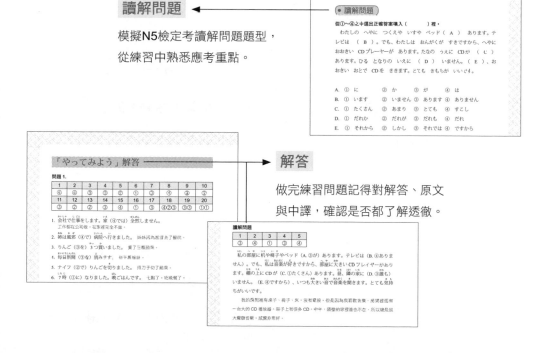

「やってみよう」解答

問題 1.

1	2	3	4	5	6	7	8	9	10
④	④	③	①	②	③	①	④	②	③

11	12	13	14	15	16	17	18	19	20
④	④	①	④	④	②	①	④②③	③①	①①

1. 会社で仕事をします。家（④では）全然しません。
工作都在公司做。在家裡完全不做。

2. 邪は風邪（④で）病院へ行きました。姊姊因為感冒去了醫院。

3. りんご（③を）3つ買いました。買了3顆蘋果。

4. 毎日新聞（④を）読みます。每日看報紙。

5. ナイフ（②で）りんごを切りました。用刀子切了蘋果。

6. 7時（①に）なりました。晚ごはんです。七點了。吃晚飯了。

解答

做完練習問題記得對解答、原文
與中譯，確認是否都了解透徹。

讀解問題

1	2	3	4	5
④	④	①	③	④

私の部屋に机や椅子やベッド（A.③が）あります。テレビは（B.④ありません）。でも、私は音楽が好きですから、部屋に大きいCDプレイヤーがあります。棚の上にCDが（C.①たくさん）あります。昼、隣の家に（D.③誰も）いません。（E.④ですから）、いつも大きい音で音楽を聞きます。とても気持ちがいいです。

我的房間裡有桌子、椅子、床。沒有電視。但是因為我很喜歡音樂，房間裡有一台大的CD播放器。架子上有很多CD。中午，隔壁的家裡都不在，所以總是很大聲聽音樂。感覺非常好。

5

目　次

Part 1　文法　15

1 指示語

2 疑問詞

10 副詞

11 挨拶（招呼用語）

Part 2　句型　183

1　存在

2　勧誘、移動目的

3　希望

4　比較

Part 1

文法

　　將文法分類成十一個單元，以「疑問詞」、「數量詞」、「動詞」、「助詞」、「接續詞」……等等詞性逐一介紹，搭配容易混淆的時態與變化加以解說，脈絡清晰，學習文法更有效率。

第一單元 | 指示語

　　在說話的當下指稱某個東西，然後可以拿來代替那個名詞的，就是指示語「コソアド」。在指示語當中有一套以「コソア」開始的規律系統。疑問詞則以「ド」開頭。

情境 A　對立型：說話者和聽話者站在不同的位置。

コ：離說話者較近的地方。

ソ：離聽話者較近的地方。

ア：除此之外的地方。

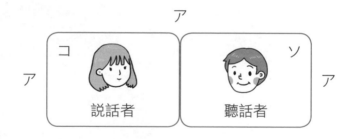

情境 B　融合型：說話者和聽話者站在相同的位置。

コ：靠近說話者與聽話者的地方。

ソ：離說話者與聽話者有點距離的地方。

ア：離說話者與聽話者很遠的地方。

注意

		物	物（屬性）		場所	場所 （禮貌） ＋方向	方向 （口語）
指示語	コ系統	これ	この＋名詞	こんな＋名詞	ここ	こちら	こっち
	ソ系統	それ	その＋名詞	そんな＋名詞	そこ	そちら	そっち
	ア系統	あれ	あの＋名詞	あんな＋名詞	あそこ	あちら	あっち
疑問詞	ド系統	どれ	どの＋名詞	どんな＋名詞	どこ	どちら	どっち

關於「ド」的疑問詞，將在「疑問詞」單元裡詳細説明，請參閱P.27。

一、「これ・それ・あれ」
（這個・那個・那個）

用來表示東西的指示語。

例句：

- それは　ペンですか。　　　　　　はい、これは　ペンです。
  那是筆嗎？　　　　　　　　　　　是的，這是筆。

- あれは　先生_{せんせい}の　車_{くるま}ですか。　　はい、あれは　先生_{せんせい}の　車_{くるま}です。
  那是老師的車嗎？　　　　　　　　是的，那是老師的車。

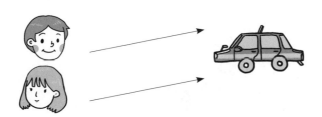

● 練習問題 1.

請依照文意，填入「これ」或「それ」或「あれ」。

1. A：「（　　　　　）は　テレビですか。」

　　B：「はい、そうです。」

2. A：「（　　　　　）は　ボールペンですか。」

　　B：「いいえ、（　　　　　）は　シャープペンシルですよ。」

3. A：「（　　　　　）は　陳さんの　ほんですか。」

　　B：「はい、（　　　　　）は　わたしの　ほんです。」

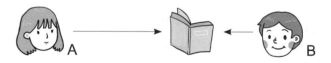

4. A：「（　　　　　）は　にほんの　カメラですか。」

　　B：「いいえ、（　　　　　）は　にほんの　カメラじゃ　ありません。」

二、「ここ・そこ・あそこ」、
「こちら・そちら・あちら」、
「こっち・そっち・あっち」
（這裡・那裡・那裡）

表示場所的指示語。「こちら・そちら・あちら」比「ここ・そこ・あそこ」更有禮貌。

例句：

- 図書館は　ここです。　　　　　　　　　圖書館在這裡。
  ＝図書館は　こちらです。　（禮貌用法）

- ここは　寒いですね。　　　　　　　　　這裡很冷呢。

- 陳さんの　教科書は　あそこですよ。　　陳先生的教科書在那裡喔。

- 先生の　鍵は　そちらに　ありましたよ。　老師的鑰匙在那裡喔。

注意　「こちら・そちら・あちら」與「こっち・そっち・あっち」的比較

「こちら・そちら・あちら」基本上為表示方向的指示語。

「こっち・そっち・あっち」則為同樣表示方向但比較通俗的文體。

例句：

- 電話は　そちらですよ。　　電話在那裡喔。
  ＝電話は　そっちですよ。　（通俗文體）

請依照文意，填入「ここ」或「そこ」或「あそこ」。

1. A：「（　　　　）は　トイレですよ。」

　　B：そうですか。

2. A：「レストランは　（　　　　）ですか。」

　　B：「はい、そうです。」

3. A：「（　　　　）は　わたしの　きょうしつです。」

　　B：「そうですか。」

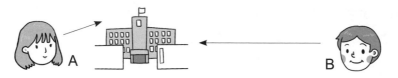

4. A：「（　　　　）は　くらいですね。」

　　B：「そうですね。」

三、「この・その・あの＋名詞」
（這個・那個・那個＋名詞）

放在名詞前，用來限定名詞。

例句：

- Ａ：「その　本は　先生のですか。」
  Ａ：「那本書是老師的嗎？」

- Ｂ：「いいえ、この　本は　先生のじゃ　ありません。」
  Ｂ：「不是，這本書不是老師的。」

- あの　りんごを　ください。　請給我那顆蘋果。

被限定的名詞不只可以用來指某個東西，也可以指人。「この人・その人・あの人・どの人」＝「這個人・那個人・那一個人・哪一個人」。

- この　人は　陳さんです。　這位是陳先生。

也可以用「こちら・そちら・あちら・どちら」來表示人，這是比較有禮貌的用法。

例句：

- こちらは　陳さんです。　這位是陳先生。

請依照文意，填入「この」或「その」或「あの」。

1. A：「（　　　　　）　ほんは　せんせいのですか。」

   B：「いいえ、（　　　　　）　ほんは　わたしのです。」

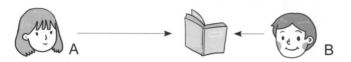

2. A：「（　　　　　）　コンピューターは　がっこうのですか。」

   B：「はい、（　　　　　）　コンピューターは　がっこうのです。」

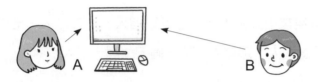

3. A：「（　　　　　）　ひとは　陳さんですか。」

   B：「そうですよ。」

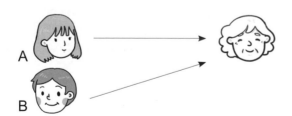

四、「こんな・そんな・あんな＋名詞」
（這樣的・那樣的・那樣的＋名詞）

放在名詞前面，用來修飾名詞，意思為「和（名詞）一樣的」。

例句：

- （遠くに ある 車を 見ながら）私も <u>あんな</u> 車が ほしいです。
  （一邊看著遠方的某輛車）我也想有那樣的車。

- （店員に 雑誌を 見せて）<u>こんな</u> かばんが ありますか。
  （給店員看雜誌後）有這樣的包包嗎？

● 練習問題 4.

請依照文意，填入「こんな」或「そんな」或「あんな」。

1. A：「この カメラは かるいですよ。」

   B：「わたしも （　　　　　） カメラが ほしいです。」

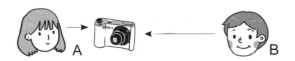

2. A：「あの はな、きれいな いろですね。」

   B：「そうですね。（　　　　　） いろが すきです。」

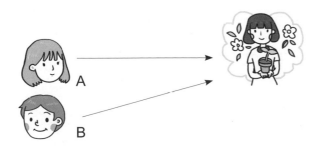

3. A：「これは　わたしの　かばんです。」

   B：「そうですか。わたしも　（　　　　　）　かばんが　あります
   　　よ。」

「練習問題」解答

練習問題 1.

1. A：「（あれ）はテレビですか。」　A：「那是電視嗎？」

   B：「はい、そうです。」　B：「對，是的。」

2. A：「（これ）はボールペンですか。」　A：「這是原子筆嗎？」

   B：「いいえ、（それ）はシャープペンシルですよ。」
   B：「不，那是自動鉛筆喔。」

3. A：「（それ）は陳さんの本ですか。」　A：「那是陳先生的書嗎？」

   B：「はい、（これ）は私の本です。」　B：「不，這是我的書。」

4. A：「（これ）は日本のカメラですか。」　A：「這是日本的相機嗎？」

   B：「いいえ、（これ）は日本のカメラじゃありません。」

   B：「不，這不是日本的相機。」

練習問題 2.

1. A：「（そこ）はトイレですよ。」 A：「那裡是廁所喔！」

　　B：「そうですか。」 B：「是喔。」

2. A：「レストランは（あそこ）ですか。」 A：「餐廳在那裡嗎？」

　　B：「はい、そうです。」 B：「對，是的。」

3. A：「（ここ）は私の教室です。」 A：「這裡是我的教室。」

　　B：「そうですか。」 B：「是喔。」

4. A：「（ここ）は暗いですね。」 A：「這裡好暗喔。」

　　B：「そうですね。」 B：「是啊。」

練習問題 3.

1. A：「（その）本は先生のですか。」 A：「那本書是老師的嗎？」

　　B：「いいえ、（この）本は私のです。」

　　B：「不是，這本是我的。」

2. A：「（この）コンピューターは学校のですか。」

　　A：「這電腦是學校的嗎？」

　　B：「はい、（その）コンピューターは学校のです。」

　　B：「是的，那電腦是學校的。」

3. A：「（あの）人は陳さんですか。」 A：「那個人是陳太太嗎？」

　　B：「そうですよ。」 B：「對啊。」

練習問題 4.

1. A：「このカメラは軽<ruby>軽<rt>かる</rt></ruby>いですよ。」 　A：「這台相機很輕喔。」

   B：「<ruby>私<rt>わたし</rt></ruby>も（そんな）カメラがほしいです。」

   B：「我也想要一台那樣的相機。」

2. A：「あの<ruby>花<rt>はな</rt></ruby>、きれいな<ruby>色<rt>いろ</rt></ruby>ですね。」 　A：「那朵花顏色好漂亮啊。」

   B：「そうですね。（あんな）<ruby>色<rt>いろ</rt></ruby>が<ruby>好<rt>す</rt></ruby>きです。」

   B：「對啊。我喜歡那樣的顏色。」

3. A：「これは<ruby>私<rt>わたし</rt></ruby>のかばんです。」 　A：「這是我的包包。」

   B：「そうですか。<ruby>私<rt>わたし</rt></ruby>も（こんな）かばんがありますよ。」

   B：「是喔。我也有這樣的包包耶。」

第二單元 ｜ 疑問詞

什麼是「疑問詞」？

所謂疑問詞，就是在疑問句當中有表示疑問的語彙。當句中有疑問詞時，回答的時候就要針對疑問詞來回答。而回答時的句型，必須沿用疑問句的句型，然後疑問詞的部分，以正確答案來取代。

疑問句的注意事項

在「（Ａ）は～（Ｂ）」的句型裡，若疑問詞在（Ｂ）時，助詞仍使用「は」；但當疑問詞在（Ａ）時，助詞須改為「が」。

另外，若疑問句使用「は」的時候，回答也要使用「は」；同樣的，若疑問句使用「が」的話，則回答同樣要使用「が」。

例句：

- A は B：疑問詞か。

  あれは 何ですか。　那個是什麼呢？

  → あれは 傘です。　那個是雨傘。

- A：疑問詞 が Bか。

  どれが 傘ですか。　哪個是雨傘呢？

  → それが 傘です。　那個（才）是雨傘。

一、何（なに・なん）（什麼）

用來詢問「東西」。

- 「これは　何^{なん}ですか。」　　　　「這是什麼呢？」
  「鉛筆^{えんぴつ}です。」　　　　　　　「是鉛筆。」

- 「これは　何^{なん}の　雑誌^{ざっし}ですか。」　「這是什麼雜誌呢？」
  「カメラの　本^{ほん}です。」　　　　「相機的雜誌。」

- 「何^{なに}を　食^たべますか。」　　　「要吃什麼呢？」
  「パンを　食^たべます。」　　　　「吃麵包。」

注意　「なん」、「なに」的差異

（一）何「なん」

1. 後面接著的音是夕行、ダ行、ナ行這三類。

例句：

- あれは　何^{なん}と　読^よみますか。　（と＝夕行）那個怎麼讀呢？
- これは　何^{なん}て　読^よみますか。　（て＝夕行）這個怎麼讀呢？
- これは　何^{なん}だ？　　　　　　（だ＝ダ行）這是什麼？
- これは　何^{なん}ですか。　　　　（で＝ダ行）這是什麼呢？
- 何^{なん}で　行^いきますか。　　　（で＝ダ行）怎麼去呢？
- それは　何^{なん}の　CDですか。　（の＝ナ行）那是什麼樣的CD呢？

2. 後面接數量詞（歲、時、杯、個、枚……）。

例句：

- そこに　本は　何<ruby>冊<rt>なんさつ</rt></ruby>　ありますか。　那裡書有幾本呢？（冊＝數量詞）
- 陳さんは　<ruby>今<rt>いま</rt></ruby>　何<ruby>歳<rt>なんさい</rt></ruby>ですか。　　陳先生現在幾歲呢？（歲＝數量詞）

（二）何「なに」

除了上述的1.跟2.之外，其他都讀成「なに」。

例句：

- <ruby>何<rt>なに</rt></ruby>を　<ruby>食<rt>た</rt></ruby>べたいですか。　　　　　想要吃什麼呢？
- <ruby>陳<rt>ちん</rt></ruby>さんは　<ruby>何<rt>なに</rt></ruby>が　ほしいですか。　　陳先生想要什麼呢？
- <ruby>何<rt>なに</rt></ruby>から　<ruby>何<rt>なに</rt></ruby>まで　<ruby>お世話<rt>せわ</rt></ruby>に　なりました。　承蒙您無微不至的照顧了。

二、どこ・どちら（哪裡）

（一）用來詢問「場所、地點」

例句：

- 「トイレは　どこですか。」　　　「廁所在哪裡呢？」

  「あちらです。」　　　　　　　「在那裡。」

- 「<ruby>先生<rt>せんせい</rt></ruby>は　どちらに　いますか。」「老師在哪裡呢？」

  「<ruby>事務所<rt>じむしょ</rt></ruby>に　います。」　　　「在辦公室裡。」

（二）也可用來詢問製造國或是製造商、生產國、 生產地等等

1. 表示「生產地」：

- 「この　りんごは　<u>どこ</u>のですか。」　「這顆蘋果是哪裡產的呢？」
「青森のです。」　　　　　　　　　「青森產的。」

2. 表示「製造商」：

- 「あなたの　コンピューターは　<u>どこ</u>のですか。」
「你的電腦是哪一個牌子的呢？」

「Acerのです。」　「是Acer的。」

3. 表示「生產國」：

- 「これは　<u>どこ</u>の　ワインですか。」　「這是哪裡的紅酒呢？」

「フランスのです。」　　　　　　　「是法國的。」

4. 表示「公司」：

- 「会社は　<u>どちら</u>ですか。」　「您是哪間公司的呢？」
「台湾工業です。」　　　　　　「是台灣工業。」

注意　「どちら」是比「どこ」更客氣的說法。

二、どちら・どっち（哪一個）

用來詢問「選擇的結果」。

例句：

- 「うどんと　そばと　<u>どちら</u>が　いいですか。」
「烏龍麵和蕎麥麵哪一個比較好呢？」

「うどんの　ほうが　いいです。」　「烏龍麵比較好。」

- 「陳さんの　<ruby>本<rt>ほん</rt></ruby>は　<u>どっち</u>ですか。」　「陳先生的書是哪一本呢？」
「こっちです。」　　　　　　　　　　　「是這本。」

注意　「どちら」的口語用法是「どっち」。

注意　「どちら」是兩個當中挑選一個的用語。

三、<ruby>誰<rt>だれ</rt></ruby>・どなた（哪一位）

用來詢問「人」。

例句：

- 「あの　<ruby>人<rt>ひと</rt></ruby>は　<u><ruby>誰<rt>だれ</rt></ruby></u>ですか。」　「那個人是誰呢？」
<ruby>私<rt>わたし</rt></ruby>の　<ruby>兄<rt>あに</rt></ruby>ですよ。」　　　「是我的哥哥喔。」
- 「<ruby>先生<rt>せんせい</rt></ruby>は　<u>どなた</u>ですか。」　「老師是哪一位呢？」
「こちらの　<ruby>方<rt>かた</rt></ruby>です。」　　　「是這位。」
- 「<ruby>家<rt>いえ</rt></ruby>に　<u><ruby>誰<rt>だれ</rt></ruby></u>が　いますか。」　「誰在家裡呢？」
「<ruby>母<rt>はは</rt></ruby>が　います。」　　　　　「我媽媽在。」

注意

「どなた」（哪一位）是比「<ruby>誰<rt>だれ</rt></ruby>」（誰）更客氣的説法。

- あの　<ruby>人<rt>ひと</rt></ruby>は　<u><ruby>誰<rt>だれ</rt></ruby></u>ですか。　　　那個人是誰呢？
＝あの　<ruby>方<rt>かた</rt></ruby>は　<u>どなた</u>ですか。　那位是哪一位呢？

四、いつ・何時（なんじ）・何月何日（なんがつなんにち）・何曜日（なんようび）
（什麼時候・幾點・幾月幾日・星期幾）

用來詢問「時間」。

例句：

- 「会議（かいぎ）は　いつですか。」　　　「會議是什麼時候呢？」
  「5月14日（ごがつじゅうよっか）です。」　　　「是五月十四號。」

- 「試験（しけん）は　いつからですか。」　　「考試是什麼時候開始呢？」
  「今週（こんしゅう）の　木曜日（もくようび）からです。」　「這禮拜四開始。」

- 「今（いま）　何時（なんじ）ですか。」　　　「現在幾點呢？」
  「3時（さんじ）です。」　　　　　　　　「三點。」

- 「誕生日（たんじょうび）は　何月何日（なんがつなんにち）ですか。」　「你的生日是幾月幾號呢？」
  「7月11日（しちがつじゅういちにち）です。」　　　「七月十一號。」

- 「明日（あした）は　何曜日（なんようび）ですか。」　「明天是星期幾呢？」
  「火曜日（かようび）です。」　　　　　「星期二。」

注意 **何時要加時間助詞「に」？**

「いつ」（什麼時候）出現時，後面不會加「に」，但在「何時（なんじ）」（幾點）、「何月（なんがつ）」（幾月）、「何日（なんにち）」（幾日）後面，則會使用「に」，而「何曜日（なんようび）」（星期幾）則是可加可不加。

例句：

○ **何時（なんじ）に**　家（いえ）へ　帰（かえ）りますか。　幾點要回家呢？
○ **何月（なんがつ）に**　日本（にほん）へ　行（い）きますか。　幾月要去日本呢？
× **いつに**　日本（にほん）へ　行（い）きますか。　什麼時候要去日本呢？
○ **いつ**　日本（にほん）へ　行（い）きますか。　什麼時候要去日本呢？

五、どれ・どの＋名詞（哪一個＋名詞）

用來詢問「選擇的結果」。

例句：

- 「あなたの　靴は　どれですか。」 「你的鞋是哪一雙呢？」
- 「これです。」 「這雙。」
- 「どの　人が　あなたの　お兄さんですか。」

  「哪一位是你的哥哥呢？」

- 「あの　人です。」 「那個人。」

> 注意　「どの」不能單獨使用，它的後面一定要接名詞。「どの＋名詞」用於從三個以上的東西或人當中做選擇時。至於「どれ」，則用於從三個以上的東西當中做選擇時。

六、いくら（多少錢）

用來詢問「價格」。

例句：

- 「すみません、これは　いくらですか。」
  「不好意思，這個多少錢呢？」
  「150円ですよ。」 「一百五十日圓喔。」
- 「りんごは　5つで　いくらですか。」 「五顆蘋果多少錢呢？」
  「400円です。」 「四百日圓。」

七、どうして・なぜ（為什麼）

用來詢問「原因」。

例句：

- 「どうして　昨日　学校へ　来ませんでしたか。」
「昨天為什麼沒有來學校呢？」

「ちょっと　用事が　ありましたから。」　「因為有點事。」

- 「なぜ　今日の　会議に　遅れましたか。」
「為什麼今天的會議遲到了呢？」

「道が　混んで　いましたから。」　　　　「因為路上塞車了。」

> 注意　「どうして」（為什麼）等提問，可以用説明理由的「〜から」（因為〜）來回答。

八、どう・いかが（怎麼樣）

（一）用來詢問「意見」

例句：

- 「昨日の　テストは　どうでしたか。」　「昨天的考試如何呢？」
「とても　難しかったです。」　　　　「非常難。」

- 「温泉は　いかがでしたか。」　　　　「溫泉如何呢？」
「とても　気持ちが　良かったです。」「非常舒服。」

（二）用來表示「勸誘」

例句：

- 「お茶でも　いかがですか。」　「喝杯茶如何呢？」

  「ありがとう　ございます。いただきます。」

  「謝謝。那就不客氣了。」

- 「この　ケーキ、もう　1つ　いかがですか。おいしいですよ。」

  「這個蛋糕，再來一塊如何？很好吃喔！」

  「いいえ、けっこうです。もう　おなかが　いっぱいですから。」

  「不用了，謝謝。因為肚子已經很飽了。」

注意　「いかが」是比「どう」更客氣的說法。

　　針對（二）這種表示勸誘的句型，回答時，肯定的話，要以「ありがとう　ございます。」（謝謝。）、「はい、いただきます。」（好的，那就不客氣了。）等方式來回答。而否定的話，則不使用否定形，而以「いいえ、けっこうです。」（不用了，謝謝。）等更客氣的方式來回答。

九、どんな＋名詞（什麼樣的＋名詞）

用來詢問「狀態、內容」。

例句：

- 「陳さんの　お母さんは　どんな　人ですか。」

  「陳先生的母親是怎樣的人呢？」

  「とても　やさしい　人ですよ。」　「是非常溫柔的人喔。」

- 「北海道は　どんな　所ですか。」　「北海道是怎樣的地方呢？」

　「きれいな　所ですよ。」　　　　　「是漂亮的地方喔。」

注意　「どんな」後面一定接名詞，也就是「どんな＋名詞」。

十、どのくらい・どれくらい（多久・多少）

用來詢問「需要的時間、花費」。

例句：

- 「ここから　台北まで　どのくらい　かかりますか。」

　「從這裡到台北要多久呢？」

　「そうですね。車で　1時間ぐらい　かかります。」

　「這樣啊。開車大概要花一小時左右。」

- 「1か月の　食費は　どれくらい　かかりますか。」

　「一個月的伙食費大概花多少呢？」

　「1万元ぐらい　かかりますね。」　「大概要花一萬塊左右呢。」

十一、何歳・おいくつ（幾歳・貴庚）

用來詢問年齡。

例句：

- 「失礼ですが、何歳ですか。」　「不好意思，請問您幾歳呢？」

　「２２歳です。」　　　　　　　　「二十二歳。」

- 「お子さんは　おいくつですか。」　「您小孩幾歲呢？」
  「今　5歳です。」　　　　　　　　「現在五歲。」

注意　「おいくつ」（貴庚）是比「何歳」（幾歲）更客氣的説法。

十二、疑問詞＋か

　　「か」用來表示不確定，對應於疑問詞時，會以「誰か」（誰呢）、「何か」（什麼呢）、「どこか」（哪裡呢）、「どうしてか」（為什麼呢）、「どうか」（如何呢）、「どんなか」（什麼樣呢）等形式出現。

（一）比較「何か」與「何が」的差異

- 「**何か**　食べたいですか。」　「要不要吃點什麼呢？」

　　因為不知道對方是「想吃」還是「不想吃」，所以這句話以詢問對方想不想吃的形式出現。回答時，肯定的話用「はい、食べたいです。」（是的，想吃。）；而否定則用「いいえ、食べたく　ないです。」（不，不想吃。）

- 「**何が**　食べたいですか。」　「想要吃什麼呢？」

　　已經了解「想吃」這件事為前提，繼續具體地詢問「想要吃什麼呢？」。此時，回答時要針對疑問詞回答，而答句的句型沿用疑問句的句型，疑問詞的部分以正確答案取代。例如：「ラーメンが　食べたいです。」（想吃拉麵。）

（二）比較「どこかへ」與「どこへ」的差異

- 「週末　<ruby>週末<rt>しゅうまつ</rt></ruby>　**どこかへ**　<ruby>行<rt>い</rt></ruby>きますか。」

  「週末有沒有要去哪裡呢？」（不確定有沒有要出去。）

　　上面這個例句，因為不知道對方到底要不要出去，所以用「どこかへ」的形式。回答則為「はい」（要）、「いいえ」（不要）的形式。

- 「<ruby>週末<rt>しゅうまつ</rt></ruby>　**どこへ**　<ruby>行<rt>い</rt></ruby>きますか。」

  「週末要去哪裡呢？」（確定會出去，但不確定目的地。）

　　上面這個例句，由於已經知道要出門這件事，而繼續用「どこへ」的疑問詞，來更加具體地詢問到底要去哪裡。回答時要針對疑問詞來回答。答句的句型沿用疑問句的句型，疑問詞的部分以正確答案取代，回答時，肯定的話用「はい、<ruby>温泉<rt>おんせん</rt></ruby>に　<ruby>行<rt>い</rt></ruby>きます。」（對，要去溫泉。）；而否定則用「いいえ、どこも　<ruby>行<rt>い</rt></ruby>きません。」（不，哪裡都不去。）

（三）其他疑問詞＋か

例句：

- 「<ruby>誰<rt>だれ</rt></ruby>かに　この　<ruby>花<rt>はな</rt></ruby>を　あげますか。」　「要把這花給誰嗎？」

  「はい、<ruby>友達<rt>ともだち</rt></ruby>に　あげます。」　　　　　「對，要給朋友。」

- 「どこかで　<ruby>休<rt>やす</rt></ruby>みますか。」　　　　　「要在哪裡休息一下嗎？」

  「はい、そうですね。」　　　　　　　　　「好，就這樣吧。」

- 「<ruby>駐車場<rt>ちゅうしゃじょう</rt></ruby>は　どこかに　ありますか。」　「哪裡有停車場嗎？」

  「はい、あそこの　デパートの　<ruby>隣<rt>となり</rt></ruby>に　ありますよ。」

  「是的，那個百貨公司的旁邊有喔。」

- 「そこに　誰<small>だれ</small>か　いますか。」　　　「那裡有誰在嗎？」

  「はい、子供<small>こども</small>が　いますよ。」　　「有，有小孩子喔。」

- 「机<small>つくえ</small>の　上<small>うえ</small>に　何<small>なに</small>か　ありますか。」　「桌上有什麼嗎？」

  「はい、本<small>ほん</small>や　雑誌<small>ざっし</small>が　あります。」　「是的，有書跟雜誌。」

> 注意　「どこか」後面的「へ」可以省略。
>
> ○　週末<small>しゅうまつ</small>　**どこかへ**　行<small>い</small>きますか。　週末會去哪裡嗎？
> ○　週末<small>しゅうまつ</small>　**どこか**　行<small>い</small>きますか。　週末會去哪裡嗎？

> 注意　助詞「を」和「が」出現在「疑問詞＋か」後面可以省略。

十三、疑問詞＋も＋否定

用來表示全面的否定。

例句：

- 「昨日<small>きのう</small>　どこか　行<small>い</small>きましたか。」　　「昨天去了哪裡呢？」

  「いいえ、どこ（へ）も　行<small>い</small>きませんでした。」

  「沒有，哪裡都沒去。」

- 「棚<small>たな</small>の　上<small>うえ</small>に　何<small>なに</small>か　ありますか。」　「櫃子上有什麼呢？」

  「いいえ、何<small>なに</small>も　ありません。」　　　「沒有，什麼都沒有。」

- 「明日<small>あした</small>、誰<small>だれ</small>かに　会<small>あ</small>いますか。」　「明天要跟誰見面嗎？」

  「いいえ、誰<small>だれ</small>にも　会<small>あ</small>いません。」　　「沒有，誰都沒有要見。」

- 「そこに　誰<small>だれ</small>か　いますか。」　　　「那裡有誰在嗎？」

  「いいえ、誰<small>だれ</small>も　いませんよ。」　　　「沒有，誰都不在喔。」

十四、いくつ（幾個、幾歳）

用來詢問「數量、年齡」。

- 「りんごは　全部で　いくつ　ありますか。」　「蘋果全部有幾顆呢？」
  「5つ　あります。」　　　　　　　　　　　　　「有五個。」

> 注意　「いくつ」的用法
>
> 　「いくつ」可以表示「幾個」、「幾歳」的意思。用於表示「幾歳」時和「何歳」意思相同，也可用於詢問小朋友的年紀。「おいくつ」（貴庚）則是比「いくつ」、「何歳」更客氣的説法。
>
> 例句：
>
> - 「今　いくつ？」　「現在幾歳？」
>   「3歳。」　　　　　「三歳。」

十五、やってみよう

● 問題 1.

從①～④之中選出正確答案填入（　　　　）裡。

1. 「りんごは　（　　　　　）　ありますか。」「10　あります。」
   ①　なに　　　　②　いくつ　　　③　どれ　　　　④　どの

2. 「おこさんは　（　　　　　）ですか。」「5さいです。」
   ①　なんこ　　　②　おいくつ　　③　いくら　　　④　なんにん

3. 「きのうは　（　　　　　）　ねましたか。」「8じかんぐらい　ねました。」
   ①　どんな　　　②　どのぐらい　③　いくつ　　　④　どちら

4. 「（　　　　）　えいがが　すきですか。」

「アメリカえいがが　すきです。」

　　① どれ　　　　② だれ　　　　③ いかが　　　④ どんな

5. 「りょこうは　（　　　　）でしたか。」

「とても　たのしかったですよ。」

　　① どう　　　② どんな　　　③ どの　　　　④ どうして

6. すみません、トイレは　（　　　　）ですか。

　　① どちら　　② どこか　　③ どの　　　　④ どなた

7. 「いつも　（　　　　）で　かいものを　しますか。」

「げんきスーパーで　かいものを　します。」

　　① どこ　　　　② どんな　　　③ どう　　　　④ どの

8. 「きのうは　（　　　　）　がっこうを　やすみましたか。」

「おなかが　いたかったですから。」

　　① どのぐらい　　　　　　　② どうして

　　③ どうやって　　　　　　　④ どんな

● 問題 2.

将選項①～④組成句子，並選擇一個放入★的最佳答案。

1. _____　★　_____ _____ か。

　　① きます　　　　　　　　　② いつも

　　③ がっこうへ　　　　　　　④ なんで

2. _____ _____ ___★___ _____ か。

① おおさかまで ② どのくらい

③ かかります ④ とうきょうから

3. _____ _____ ___★___ _____ 。

① も ② いません

③ きょうしつに ④ だれ

4. _____ ___★___ _____ _____ か。

① どこ ② あした ③ か ④ いきます

5. _____ _____ ___★___ _____ か。

① きのうは ② どうして

③ かえりました ④ はやく

「やってみよう」解答

問題 1.

1	2	3	4	5	6	7	8
②	②	②	④	①	①	①	②

1. 「りんごは（②いくつ）ありますか。」 「有幾個蘋果呢？」
   「10あります。」 「有十個。」
   とう

2. 「お子さんは（②おいくつ）ですか。」 「您的小孩幾歲了呢？」
   こ
   「5歳です。」 「五歳了。」
   ごさい

3. 「昨日は（②どのぐらい）寝ましたか。」 「昨天大概睡了多久呢？」
   きのう　　　　　　　　　　ね
   「8時間ぐらい寝ました。」 「大概睡了八小時。」
   はちじかん　　　　ね

4. 「（④どんな）映画が好きですか。」 「你喜歡怎樣的電影呢？」

「アメリカ映画が好きです。」 「喜歡美國的電影。」

5. 「旅行は（①どう）でしたか。」 「旅行如何呢？」

「とても楽しかったですよ。」 「非常開心喔。」

6. すみません、トイレは（①どちら）ですか。 不好意思，廁所在哪裡呢？

7. 「いつも（①どこ）で買い物をしますか。」 「平常都在哪裡買東西呢？」

「元気スーパーで買い物をします。」 「在元氣超市買東西。」

8. 「昨日は（②どうして）学校を休みましたか。」
「為什麼昨天沒有來學校呢？」

「おなかが痛かったからです。」 「因為肚子痛。」

問題 2.

1	2	3	4	5
④	②	①	①	④

1. いつも　何で　学校へ　来ます　か。 你都怎麼來學校的呢？
　　　　　★

2. 東京から　大阪まで　どのくらい　かかります　か。
　　　　　　　　　　★

從東京到大阪要多久時間呢？

3. 教室に　誰　も　いません。 誰也不在教室。
　　　　★

4. 明日　どこ　か　行きます　か。 明天有要去哪裡嗎？
　　　★

5. 昨日は　どうして　早く　帰りました　か。 昨天為什麼提早回去了呢？
　　　　　　　★

第三單元 | 數量詞

　　數量詞在日文稱為「助数詞」，是計算某個東西的數量時，加在數字後面的單位。它可以用來反映數目的形式、性質或程度，而根據物品種類的不同，數量詞也有所差異。

數量詞	匹（隻） ひき	枚（片） まい	冊（本） さつ	本（支、條） ほん	台（台） だい
物品例	貓、狗、 蟲……	盤子、 衣服、 紙張……	書本、 筆記 本……	雨傘、 鉛筆、 香蕉……	汽車、 照相機、 冰箱……
1	**いっぴき**	いちまい	**いっさつ**	**いっぽん**	いちだい
2	にひき	にまい	にさつ	にほん	にだい
3	**さんびき**	さんまい	さんさつ	**さんぼん**	さんだい
4	よんひき	よんまい	よんさつ	よんほん	よんだい
5	ごひき	ごまい	ごさつ	ごほん	ごだい
6	**ろっぴき**	ろくまい	ろくさつ	**ろっぽん**	ろくだい
7	ななひき	ななまい	ななさつ	ななほん	ななだい
8	**はっぴき**	はちまい	**はっさつ**	**はっぽん**	はちだい
9	きゅうひき	きゅうまい	きゅうさつ	きゅうほん	きゅうだい
10	**じゅっぴき**	じゅうまい	**じゅっさつ**	**じゅっぽん**	じゅうだい
?	**なんびき**	なんまい	なんさつ	**なんぼん**	なんだい

數量詞	杯（杯、碗）	人（人）	階（樓、層）	回（次）	歲（歲）
物品例	果汁、水、杯麵……				
1	いっぱい	ひとり	いっかい	いっかい	いっさい
2	にはい	ふたり	にかい	にかい	にさい
3	さんばい	さんにん	さんがい	さんかい	さんさい
4	よんはい	よにん	よんかい	よんかい	よんさい
5	ごはい	ごにん	ごかい	ごかい	ごさい
6	ろっぱい	ろくにん	ろっかい	ろっかい	ろくさい
7	ななはい	ななにん	ななかい	ななかい	ななさい
8	はっぱい	はちにん	はちかい／はっかい	はっかい	はっさい
9	きゅうはい	きゅうにん	きゅうかい	きゅうかい	きゅうさい
10	じゅっぱい	じゅうにん	じゅっかい	じゅっかい	じゅっさい
?	なんばい	なんにん	なんがい	なんかい	なんさい

数量詞	個（個）	番（號）	度（次）	円（日圓）	通用説法
物品例	小東西 （橡皮擦、 蘋果、喉 糖……）				
1	**いっこ**	いちばん	いちど	いちえん	ひとつ
2	にこ	にばん	にど	にえん	ふたつ
3	**さんこ**	さんばん	さんど	さんえん	みっつ
4	よんこ	よんばん	よんど	よえん	よっつ
5	ごこ	ごばん	ごど	ごえん	いつつ
6	**ろっこ**	ろくばん	ろくど	ろくえん	むっつ
7	ななこ	ななばん	ななど	ななえん	ななつ
8	**はっこ**	はちばん	はちど	はちえん	やっつ
9	きゅうこ	きゅうばん	きゅうど	きゅうえん	ここのつ
10	**じゅっこ**	じゅうばん	じゅうど	じゅうえん	とお
？	なんこ	なんばん	なんど	なんえん	いくつ

一、匹（隻）

用於小型動物、蟲類，如狗、貓、魚等等。

例句：

• 家に　猫が　2匹と　犬が　1匹　います。　我家有兩隻貓跟一隻狗。

二、枚（張、片）

用於薄的、平坦的東西，如衣服、紙張、盤子、CD、毛巾等等。

例句：

• 白い　紙を　1枚　ください。　請給我一張白紙。

三、冊（本）

用於書籍、筆記本，如雜誌、筆記本、書本等等。

例句：

• 日本語の　本を　2冊　買いました。　買了兩本日文書。

四、本（支、條）

用於細長的物品，如鉛筆、領帶、香蕉、雨傘等等。

例句：

• 机の　上に　鉛筆が　3本　あります。　桌上有三支鉛筆。

五、台（台）

用於電器用品或交通工具，如汽車、腳踏車、電視、冰箱等等。

例句：

・家の　前に　車が　1台　止まって　います。　家前面停著一台車。

六、杯（杯、碗）

用於裝飲料、食物的杯、碗等容器。

例句：

・すみません、お水を　1杯　ください。　不好意思，請給我一杯水。

七、人（人）

用於人數。

例句：

・この　学校に　外国人の　先生が　3人　います。
這個學校的外籍老師有三位。

八、階（樓、層）

用於樓層。

例句：

・教室は　5階です。　教室在五樓。

48

九、回（次）

用於次數。

- 1日に　3回　薬を　飲みます。　一天吃三次藥。

十、歳（歲）

用於年齡。

- 娘は　18歳です。　女兒十八歲。

十一、個（個）

用於個數。

- りんごが　5つ　あります。　有五個蘋果。

十二、番（號）

用於號碼、順序。

- 私は　5番です。　我是五號。

十三、度（次）

用於次數。

- 1度　日本へ　行った　ことが　あります。　去過一次日本。

十四、円（日圓）

用於金額。

- この　かばんは　5000円です。　這個包包是五千日圓。

注意　唸數量詞的時候，會因數字而產生音調的變化，請小心注意喔！（請參考P.44）

十五、やってみよう

● 問題 1.

從①～④之中選出正確答案填入（　　　　）裡。

1. ボールペンが　2（　　　　）　あります。
    ①　ほん　　　　②　まい　　　　③　こ　　　　　④　ばん

2. いけに　さかなが　10（　　　）　います。
    ①　にん　　　　②　ぴき　　　　③　こ　　　　　④　だい

3. いっかげつに　3（　　　　）ぐらい　えいがを　みます。
    ①　さつ　　　　②　そく　　　　③　ばん　　　　④　かい

4. おちゃを　1（　　　）　ください。

① ぽん　　　② ぱい　　　③ ど　　　④ まい

5. ふうとうを　よん（　　　）　かいました。

① ほん　　　② こ　　　③ まい　　　④ さつ

6. じむしょは　ご（　　　）です。

① にん　　　② だい　　　③ かい　　　④ ど

● 問題 2.

將選項①～④組成句子，並選擇一個放入★的最佳答案。

1. ＿＿＿＿ ＿★＿ ＿＿＿＿ ＿＿＿＿ ください。

① きってを　② の　　　③ さんまい　④ はちじゅうえん

2. ＿＿＿＿ ＿＿＿＿ ＿★＿ ＿＿＿＿ かいました。

① いつつ　② で　　　③ スーパー　④ みかんを

3. ＿＿＿＿ ＿＿＿＿ ＿★＿ ＿＿＿＿ よんかいです。

① にほんご　② は　　　③ きょうしつ　④ の

4. ＿＿＿＿ ＿＿＿＿ ＿＿＿＿ ＿★＿ います。

① に　　　② ふたり　　　③ そと　　　④ こどもが

「やってみよう」解答

問題 1.

1	2	3	4	5	6
①	②	④	②	③	③

1. ボールペンが2（①本）あります。　有兩支原子筆。
2. 池に魚が10（②匹）います。　池塘裡有十隻魚。
3. 1か月に3（④回）ぐらい映画を見ます。　一個月大約看三次電影。
4. お茶を1（②杯）ください。　請給我一杯茶。
5. 封筒を4（③枚）買いました。　買了四個信封。
6. 事務所は5（③階）です。　辦公室在五樓。

問題 2.

1	2	3	4
②	④	③	②

1. 80円　の　切手を　3枚　ください。　請給我三張八十日圓的郵票。
　　　　　　★

2. スーパー　で　みかんを　5つ　買いました。　在超市買了五個橘子。
　　　　　　　　　★

3. 日本語　の　教室は　4階　です。　日文教室在四樓。
　　　　　　　★

4. 外　に　子供が　2人　います。　有兩個小孩在外面。
　　　　　　　★

52

第四單元 | 形式：丁寧形・普通形

日文中有「丁寧形」及「普通形」兩種形態。

「丁寧形」是與長輩或初次見面、不熟的人對話時使用。

「普通形」則是與親近的朋友、家人或晚輩等人對話，以及寫日記、記錄、新聞、報告時使用。另外，書寫體的句子結尾會使用「普通形」。

例句：

- 去過日本。

  丁寧形：日本へ　行った　ことが　あります。

  普通形：日本へ　行った　ことが　ある。

- 慢慢來也沒關係，但不能不記得喔。

  丁寧形：ゆっくりでも　いいですから、覚えなければ　いけません
  　　　　よ。

  普通形：ゆっくりでも　いいから、覚えなければ　いけないよ。

一、動詞

	現在式肯定形 （辭書形）	現在式否定形 （ない形）	過去式肯定形 （た形）	過去式否定形
1. 第一類				
丁寧形	書きます	書きません	書きました	書きません でした
普通形	書く	書かない	書いた	書かなかった
丁寧形	あります	ありません	ありました	ありません でした
普通形	ある	**＊ない**	あった	**＊なかった**
2. 第二類				
丁寧形	見ます	見ません	見ました	見ません でした
普通形	見る	見ない	見た	見なかった
3. 第三類				
丁寧形	します	しません	しました	しません でした
普通形	する	しない	した	しなかった
丁寧形	来ます	来ません	来ました	来ません でした
普通形	来る	来ない	来た	来なかった

二、名詞・形容詞

	現在式 肯定形	現在式 否定形	過去式 肯定形	過去式 否定形
1. い形容詞				
丁寧形	暑いです	暑く　ないです 暑く ありません	暑かったです	暑く なかったです 暑く　ありません でした
普通形	暑い	暑く　ない	暑かった	暑く　なかった
丁寧形	いいです	よく　ないです よく ありません	よかったです	よく なかったです よく　ありません でした
普通形	いい	よくない	よかった	よく　なかった
2. な形容詞				
丁寧形	静かです	静かでは（じゃ） ありません	静かでした	静かでは（じゃ） ありません でした
普通形	静かだ	静かでは（じゃ） ない	静かだった	静かでは（じゃ） なかった
3. 名詞				
丁寧形	雨です	雨では（じゃ） ありません	雨でした	雨では（じゃ） ありませんでした
普通形	雨だ	雨では（じゃ） ない	雨だった	雨では（じゃ） なかった

三、接續句的普通形

中文	丁寧形	普通形
想吃	食べたいです	食べたい
請吃	食べて　ください	食べて
正在吃	食べて　います	食べて　いる
可以吃	食べても　いいです	食べても　いい
不得不吃	食べなければ　なりません	食べなければ　ならない
必須要吃	食べなければ　いけないです	食べなければ　いけない
不吃也沒關係	食べなくても　いいです	食べなくても　いい
有吃過	食べた　ことが　あります	食べた　ことが　ある
沒吃過	食べた　ことが　ありません	食べた　ことが　ない
可以吃	食べる　ことが　できます	食べる　ことが　できる

四、やってみよう

● 問題 1.

請將下線的部分改成普通形。

1. きのうは　あめ<u>でした</u>。

2. せんしゅうは　とても　てんきが　<u>よかったです</u>。

3. きょう　陳さんは　がっこうへ　<u>きませんでした</u>。

4. ちちは　おさけを　<u>のみません</u>。

5. おかねが　<u>ありません</u>。

6. あした　ざんぎょうしなければ　なりません。

7. にほんへ　いった　ことが　ありません。

8. ちょっと　やすんでも　いいですか。

9. せんげつ　テレビを　かいました。

10.かれは　とても　ゆうめいです。

「やってみよう」解答

問題 1.

1. → 昨日は雨だった。　昨天是雨天。

2. → 先週はとても天気が良かった。　上週天氣非常好。

3. → 今日陳さんは学校へ来なかった。　今天陳同學沒來學校。

4. → 父はお酒を飲まない。　爸爸不喝酒。

5. → お金がない。　沒有錢。

6. → 明日残業しなければならない。　明天必須加班。

7. → 日本へ行ったことがない。　沒有去過日本。

8. → ちょっと休んでもいい？　稍微休息一下嗎？

9. → 先月テレビを買った。　上個月買了電視。

10.→ 彼はとても有名だ。　他非常有名。

第五單元　名詞

一、形式（丁寧形・普通形）・時制（現在式・過去式）

（一）丁寧形（敬體）

現在式		過去式	
肯定形	否定形	肯定形	否定形
〜です	〜では（じゃ）ありません	〜でした	〜では（じゃ）ありませんでした

現在式肯定形：学生です。　　　　　　　　　　　　　　是學生。

現在式否定形：学生では（じゃ）ありません。　　　　不是學生。

過去式肯定形：学生でした。　　　　　　　　　　　　以前是學生。

過去式否定形：学生では（じゃ）ありませんでした。　過去不是學生。

（二）普通形（常體）

現在式		過去式	
肯定形	否定形	肯定形	否定形
〜だ	〜では　ない 〜じゃ　ない	〜だった	〜では　なかった 〜じゃ　なかった

現在式肯定形：学生だ。　　　　　　　　是學生。

現在式否定形：学生では（じゃ）ない。　不是學生。

過去式肯定形：学生だった。　　　　　　　　　　以前是學生。

過去式否定形：学生では（じゃ）　なかった。　過去不是學生。

第五單元　名詞

例句：

- 田中先生是醫生。

  田中さんは　医者です。（丁寧形）

  ＝田中さんは　医者だ。（普通形）

- 那不是我的書。

  それは　私の　本では（じゃ）　ありません。（丁寧形）

  ＝それは　私の　本では（じゃ）　ない。（普通形）

- 昨天是好天氣。

  昨日は　いい　天気でした。（丁寧形）

  ＝昨日は　いい　天気だった。（普通形）

- 昨天不是雨天。

  昨日は　雨では（じゃ）　ありませんでした。（丁寧形）

  ＝昨日は　雨では（じゃ）　なかった。（普通形）

注意　**名詞的丁寧形**

名詞前面加上「お」、「ご」，都是表示禮貌的説法。

漢字訓讀的詞彙或附有假名的詞彙一般都＋「お」，漢字音讀的詞彙一般會＋「ご」。注意不可用於自身。

「お＋和語・ご＋漢語」

「国」（國家）　　→　「お国」（貴國）

「名前」（名字）　　→　　「お名前」（貴姓大名）

「出身」（出生地）　→　　「ご出身」（您的出生地）

例句：

- 我的國家是台灣。
  × 私の　お国は、台湾です。
  ○ 私の　国は、台湾です。
- 我來自桃園。
  × 私の　ご出身は、桃園です。
  ○ 私の　出身は、桃園です。

＊「～です。」＝「～で　ございます。」（禮貌用法）

● 練習問題 1.

請將以下句子改成普通形。

1. あしたは　あめです。

2. 田中さんは　せんせいじゃ　ありません。

3. 10ねんまえ、ここは　かわでした。

4. きのうは　やすみじゃ　ありませんでした。

二、名詞的接續表現

（一）修飾名詞

1. 接續：名詞 1 ＋の＋名詞 2

   意思：名詞修飾名詞

   会社＋人＝会社の　人

   公司＋人＝公司的人

- 私の　本　　　　　　我的書
- 日本語の　新聞　　日文報紙
- フランスの　ワイン　法國的葡萄酒

2. 接續：い形容詞（〜い）＋名詞

意思：い形容詞修飾名詞

大きい＋人＝大きい　人

巨大的＋人＝巨大的人

例句：

- 青い　車　　　　　藍色的汽車
- 冷たい　飲み物　冷的飲料
- やさしい　問題　簡單的問題

3. 接續：な形容詞（〜な）＋名詞

意思：な形容詞修飾名詞

きれい＋人＝きれいな　人

漂亮的＋人＝漂亮的人

例句：

- 元気な　子供　有精神的小孩
- 有名な　歌手　有名的歌手
- 静かな　町　　安靜的城市

4. 接續：動詞（普通形）＋名詞

意思：動詞修飾名詞

明日 来ます＋人＝明日 <u>来る</u> 人　　　　　　明天來的人

明日 来ません＋人＝明日 <u>来ない</u> 人　　　　明天不來的人

昨日 来ました＋人＝昨日 <u>来た</u> 人　　　　　　昨天來的人

昨日 来ませんでした＋人＝昨日 <u>来なかった</u> 人　昨天沒來的人

ごはんを 食べて います＋人＝ごはんを 食べて <u>いる</u> 人　正在吃飯的人

例句：

• 昨日 学校を <u>休んだ</u> 人は 陳さんです。

昨天跟學校請假的是陳同學。

• これは 母から <u>もらった</u> 服です。

這是從媽媽那裡得到的衣服。

• <u>分からない</u> ところを 先生に 聞きます。

不知道的地方問老師。

注意

名詞修飾句中的主語，助詞會變成「が」。

私は カレーを 作りました。

これは 私が 作った カレーです。

（二）名詞的中止形

接續：名詞＋で、～

意思：兩個句子的連接，前面的句子為名詞句。

例句：

- 陳さんは　中国語の　先生で、　３５歳です。

  陳先生是中文的老師，三十五歲。

- あの　人は　台湾人で、とても　親切な　人です。

  那個人是台灣人，非常親切的人。

- 京都は　古い　町で、とても　きれいです。

  京都是古老的城市，非常美麗。

（三）引述的內容；名稱的導入

接續：名詞１＋という＋名詞２

意思：叫做～的～。

例句：

- さっき　田中さんと　いう　人が　来ましたよ。

  剛才有位叫做田中的人來過喔。

- トムヤンクンと　いう　スープを　知って　いますか。

  知道一種叫做「トムヤンクン」（冬蔭功）的湯嗎？

- これは　何と　いう　飲み物ですか。　這個飲料叫做什麼呢？

三、やってみよう

● 問題 1.

從①～④之中選出正確答案填入（　　　　）裡。

1. この　カメラは　にほんの（　　　　　）、ごまんえんです。

　　① で　　　　　② だ　　　　③ だった　　　④ だったで

2. これは　わたしが　（　　　　）　えです。

　　① かく　　　　② かいて　　　③ かいた　　　④ かきます

3. きのう　（　　　　）　ケーキは　おいしかったです。

　　① かった　　　② かう　　　　③ かいた　　　④ かいます

4. きょうしは　（　　　　）　しごとです。

　　① たいへん　　② たいへんな　③ たいへんだ　④ たいへんの

5. なつやすみに　くにへ　（　　　　）　ひとは　いますか。

　　① かえっての　② かえる　　　③ かえるの　　④ かえって

6. （　　　　）　もんだいは　せんせいに　ききます。

　　① わかって　　② わかる　　　③ わからない　④ わからないの

● 問題 2.

将選項①〜④組成句子，並選擇一個放入★的最佳答案。

1. あそこの　＿＿＿＿　＿＿★＿＿　＿＿＿＿　＿＿＿＿ 。

　　① こうえんで　　　　　　　② あそんで　います

　　③ げんきな　　　　　　　　④ こどもが

2. 陳_{ちん}さんは　にほんごの　＿＿＿＿　＿＿＿＿　＿＿★＿＿　＿＿＿＿
です。

　　① どくしん　　② まだ　　　③ きょうし　　④ で

3. きょうと　＿＿★＿＿　＿＿＿＿　＿＿＿＿　＿＿＿＿ です。

　　① いう　　　　② まちが　　③ すき　　　④ と

64

「練習問題」解答

練習問題 1.

1. → 明日は雨だ。　明天是雨天。

2. → 田中さんは先生じゃない。　田中先生不是老師。

3. → 10年前、ここは川だった。　十年前，這裡曾經是河川。

4. → 昨日は休みじゃなかった。　昨天沒有休假。

「やってみよう」解答

問題 1.

1	2	3	4	5	6
①	③	①	②	②	③

1. このカメラは日本の（①で）、5万円です。
   這個相機是日本製的，五萬日圓。

2. これは私が（③書いた）絵です。　這是我畫的畫。

3. 昨日（①買った）ケーキはおいしかったです。　昨天買的蛋糕很好吃。

4. 教師は（②大変な）仕事です。　老師是辛苦的職業。

5. 夏休みに国へ（②帰る）人はいますか。有人要在暑假回國嗎？

6. （③分からない）問題は先生に聞きます。　不懂的問題問老師。

問題 2.

1	2	3
③	②	④

1. あそこの 公園で 元気な 子供が 遊んでいます。
　　　　　　★

有活力的小朋友正在公園玩耍。

2. 陳さんは 日本語の 教師 で、まだ 独身 です。
　　　　　　　　　　　　★

陳先生是位老師，還是單身。

3. 京都 と いう 町が 好き です。　喜歡京都這個城市。
　　　★

第六單元　形容詞

「形容詞」常用於修飾名詞或作為名詞修飾句的敘述語。用法與動詞相同。

一、分類（い形容詞・な形容詞）

形容詞分為「い形容詞」跟「な形容詞」兩種。

い形容詞： 單字的最後一個假名以「い」結尾。

な形容詞： 大多由兩個漢字所組成，或是外來語如「ハンサム」（帥氣）、「ラッキー」（幸運）等片假名所組成。通常な形容詞不是以「い」結尾，不過也有例外，如「きれい」（漂亮）、「きらい」（討厭）、「ゆうめい」（有名）等等。

● 練習問題 1.

請將下列形容詞區分為「い形容詞」及「な形容詞」，分別填入　　內。

いい、ハンサム、たのしい、すてき、いそがしい、ひま、わるい、べんり、
たかい、ふべん、むずかしい、しんせつ、やすい、きらい、きびしい、
きれい、ゆうめい、さむい、にぎやか、つめたい、しずか、やさしい、
ふくざつ、へた、あたらしい

	い形容詞		な形容詞

二、時制（現在式・過去式）

在現在肯定句裡，い形容詞和な形容詞的用法都是「～は（い・な形容詞）です。」的用法，除此之外，則各有不同的活用方法。

（一）い形容詞

現在式		過去式	
肯定形	否定形	肯定形	否定形
～です	～く　ないです・ 　く　ありません	～かったです	～く　なかったです・ 　く　ありませんでした
寒<ruby>寒<rt>さむ</rt></ruby>いです	<ruby>寒<rt>さむ</rt></ruby>く　ないです・ <ruby>寒<rt>さむ</rt></ruby>く　ありません	<ruby>寒<rt>さむ</rt></ruby>かったです	<ruby>寒<rt>さむ</rt></ruby>く　なかったです・ <ruby>寒<rt>さむ</rt></ruby>く　ありませんでした

PS.此為丁寧形。

注意　「いい」的否定

「いい」這個形容詞的否定形是「よく　ないです（よく　ありません）」，而不是「いく　ないです（いく　ありません）」。

現在式		過去式	
肯定形	否定形	肯定形	否定形
いいです	よく　ないです・ よく　ありません	よかったです	よく　なかったです・ よく　ありませんでした

> 例句：
>
> - コンピューターの　調子_{ちょうし}が　良_よく　ないです。　電腦的狀況不好。
> - 天気_{てんき}が　あまり　良_よく　ありません。　　　天氣不太好。

1. 現在式肯定句

基本型：主題＋は（が）＋い形容詞です。

> 例句：
>
> - 今日_{きょう}は　忙_{いそが}しいです。　今天很忙碌。
> - 山登_{やまのぼ}りは　面白_{おもしろ}いです。　登山很有趣。

2. 現在式否定形

活用：〜いです　→〜く　ないです・く　ありません

範例：おいしいです。　→おいしく　ないです。

基本型：主題＋は（が）＋い形容詞　く　ないです。

> 例句：
>
> - この　本_{ほん}は　面白_{おもしろ}く　ないです。　這本書不有趣。
> - 台湾料理_{たいわんりょうり}は　高_{たか}く　ないです。　台灣料理不貴。

3. 過去式肯定形

活用：〜い　→〜かった

範例：おいしいです。　→おいしかったです。

基本型：主題＋は（が）＋い形容詞かったです。

> 例句：
>
> - 去年_{きょねん}の　冬_{ふゆ}は　とても　寒_{さむ}かったです。　去年的冬天非常冷。
> - 昨日_{きのう}の　ケーキは　おいしかったです。　昨天的蛋糕很好吃。

4. 過去式否定形

活用：～い → ～く なかった・く ありませんでした

範例：おいしいです。 → おいしく なかったです。

基本型：主題＋は（が）＋い形容詞く なかったです。

例句：

- 昨日 行った レストランは おいしく ありませんでした。
  昨天去的餐廳不好吃。

- 試験は あまり 難しく ありませんでした。 考試不太難。

（二）な形容詞

現在式		過去式	
肯定形	否定形	肯定形	否定形
～です	～じゃ（では）ありません	～でした	～じゃ（では）ありませんでした
静かです	静かじゃ（では）ありません	静かでした	静かじゃ（では）ありませんでした

PS.此為丁寧形。

注意 比起「じゃ」，「では」更有禮貌。

注意 在肯定句中「い形容詞」與「な形容詞」的形態是一樣的。

1. 現在式肯定句

基本型：主題＋は（が）＋な形容詞です。

例句：

- 富士山は　有名です。　　　　　　富士山很有名。
  （ふじさん　　ゆうめい）
- 先生は　とても　ハンサムです。　老師非常帥氣。
  （せんせい）

2. 現在式否定句

活用：〜です → 〜じゃ（では）　ありません

範例：きれいです。 → きれいじゃ（では）　ありません。

基本型：主題＋は（が）＋な形容詞じゃ（では）　ありません。

例句：

- 私の　部屋は　あまり　きれいじゃ　ありません。
  （わたし　　へや）
  我的房間不太乾淨。
- 今日　息子は　元気じゃ　ありません。　兒子今天沒有精神。
  （きょう　むすこ　　げんき）

3. 過去式肯定句

活用：〜です → 〜でした

範例：きれいです。 → きれいでした。

基本型：主題＋は（が）＋な形容詞でした。

例句：

- 母は　若い　とき　とても　きれいでした。　媽媽年輕的時候非常漂亮。
  （はは　わか）
- 昔　この　場所は　とても　静かでした。　以前這個地方非常安靜。
  （むかし　　ばしょ　　　　　　しず）

4. 過去式否定句

活用：〜です → 〜じゃ（では）　ありませんでした

範例：きれいです。 → きれいじゃ（では）　ありませんでした。

基本型：主題＋は（が）＋な形容詞じゃ（では）　ありませんでした。

例句：

- おじいさんは　あまり　元気<ruby>元気<rt>げんき</rt></ruby>じゃ　ありませんでした。
  爺爺之前不太有精神。

- <ruby>昔<rt>むかし</rt></ruby>　この　<ruby>町<rt>まち</rt></ruby>は　<ruby>人<rt>ひと</rt></ruby>や　<ruby>車<rt>くるま</rt></ruby>が　<ruby>多<rt>おお</rt></ruby>くて、<ruby>静<rt>しず</rt></ruby>かじゃ　ありませんでした。
  這個城鎮以前人和車多，不安靜。

（三）總整理

い形容詞

現在式		過去式	
肯定形	否定形	肯定形	否定形
〜です	〜く　ないです・ く　ありません	〜かったです	〜く　なかったです・ く　ありませんでした
<ruby>寒<rt>さむ</rt></ruby>いです	<ruby>寒<rt>さむ</rt></ruby>く　ないです・ <ruby>寒<rt>さむ</rt></ruby>く　ありません	<ruby>寒<rt>さむ</rt></ruby>かったです	<ruby>寒<rt>さむ</rt></ruby>く　なかったです・ <ruby>寒<rt>さむ</rt></ruby>く　ありませんでした
いいです	よく　ないです・ よく　ありません	よかったです	よく　なかったです・ よく　ありませんでした

現在式肯定句：主題＋は（が）＋い形容詞です。

現在式否定句：主題＋は（が）＋い形容詞く　ないです。

（く　ありません。）

過去式肯定句：主題＋は（が）＋い形容詞かったです。

過去式否定句：主題＋は（が）＋い形容詞く　なかったです。

（く　ありませんでした。）

な形容詞

現在式		過去式	
肯定形	否定形	肯定形	否定形
〜です	〜じゃ　ありません	〜でした	〜じゃ　ありませんでした
静かです	静かじゃ　ありません	静かでした	静かじゃ　ありませんでした

現在式肯定句：主題＋は（が）＋な形容詞です。

現在式否定句：主題＋は（が）＋な形容詞じゃ　ありません。

過去式肯定句：主題＋は（が）＋な形容詞でした。

過去式否定句：主題＋は（が）＋な形容詞じゃ　ありませんでした。

● 練習問題 2.

請將提示之形容詞，轉換成正確的時制以及丁寧形的肯定・否定句，並填入＿＿。

1. もう　しがつですが、まだ ＿＿＿＿＿＿＿＿。（さむい）

2. きのう　がっこうは、やすみでしたから、＿＿＿＿＿＿＿。（ひま）

3. せんしゅう　くつを　かいました。この　くつは、＿＿＿＿＿＿＿。
（ふるい）

4. わたしの　へやは　きたないです。＿＿＿＿＿＿＿。（きれい）

5. おとい、ともだちに　ほんを　かりました。

その　ほんは　とても ＿＿＿＿＿＿＿。（おもしろい）

6. にほんごの テストは、あまり ＿＿＿＿＿＿＿＿。（いい）

7. ここは、とても ＿＿＿＿＿＿＿＿。（しずか）

8. けさ、陳_{ちん}さんに あいました。
　　陳_{ちん}さんは　あまり ＿＿＿＿＿＿＿＿。（げんき）

三、形式（丁寧形・普通形）

　　形容詞也有丁寧形和普通形。丁寧形的現在式肯定、否定，過去式肯定、否定的用法已經在第二大點介紹完畢，再復習如下：

（一）丁寧形

	現在式		過去式	
	肯定形	否定形	肯定形	否定形
い形	寒_{さむ}いです	寒_{さむ}く ないです・ 寒_{さむ}く ありません	寒_{さむ}かった です	寒_{さむ}く なかったです・ 寒_{さむ}く ありませんでした
な形	静_{しず}かです	静_{しず}かじゃ ありません	静_{しず}か でした	静_{しず}かじゃ ありませんでした

（二）普通形

　　接下來說明普通形。

1. い形容詞

　　い形容詞的普通形只有去掉丁寧形句尾的「～です」，非常簡單。

現在式		過去式	
肯定形	否定形	肯定形	否定形
～です	～く ないです	～かったです	～く なかったです
寒_{さむ}い	寒_{さむ}く ない	寒_{さむ}かった	寒_{さむ}く なかった

|例句：

- 現在式肯定形：この　靴は　小さい。　　　　這雙鞋子很小。
- 現在式否定形：今日は　全然　暖かく　ない。　今天一點也不暖和。
- 過去式肯定形：この　かばんは　高かった。　　這個皮包很貴。
- 過去式否定形：先月は　全然　忙しく　なかった。
  上個月一點也不忙。

例外：形容詞「いい」

- 現在式否定形：陳さんは　性格が　良く　ない。
  陳先生的脾氣不好。
- 過去式否定形：昨日は　体調が　あまり　良く　なかった。
  昨天身體狀況不太好。

2. な形容詞

和名詞的活用變化相同。

現在式		過去式	
肯定形	否定形	肯定形	否定形
～だ	～じゃ　ない	～だった	～じゃ　なかった
静かだ	静かじゃ　ない	静かだった	静かじゃ　なかった

|例句：

- 現在式肯定形：祖父は　とても　元気だ。　爺爺非常有精神。
- 現在式否定形：この　歌手は　あまり　有名じゃ　ない。
  這位歌手不太有名。

- 過去式肯定形：10年前（じゅうねんまえ）ここは　静か（しず）だった。
  十年前這裡是安靜的。
- 過去式否定形：昨日（きのう）の　試験（しけん）は　全然（ぜんぜん）　簡単（かんたん）じゃ　なかった。
  昨天的考試一點都不簡單。

● 練習問題 3.

請將以下句子改成普通形。

1. ことしの　なつは　あついです。

2. わたしは　おんがくが　すきです。

3. きのうの　パーティーは　とても　にぎやかでした。

4. ははは　りょうりが　じょうずじゃ　ありません。

5. この　まちは　しずかです。

6. きのうは　てんきが　よく　なかったです。

7. むかし　この　だいがくは　あまり　ゆうめいじゃ　ありませんでした。

8. おさけは　きらいじゃ　ありません。

四、名詞修飾

　　い形容詞、な形容詞都是用來修飾名詞，但是修飾的用法不同。

（一）い形容詞＋名詞

　　因為語尾有「い」，所以稱做「い形容詞」。後面接續名詞修飾的情況下，語尾不變化。

範例：大（おお）きい＋猫（ねこ）＝大（おお）きい　猫（ねこ）

　　い形容詞　名詞

例句：

- ここに　大<small>おお</small>きい　猫<small>ねこ</small>が　います。　這裡有很大的貓。
- 姉<small>あね</small>は　やさしい　人<small>ひと</small>です。　　　姊姊是親切的人。

（二）な形容詞＋名詞

　　當「な形容詞」後面要接續修飾的名詞時，形容詞的語尾要加上「な」。不過，像是「きれい」（漂亮）、「ゆうめい」（有名）、「きらい」（討厭）等等，它們的語尾雖然是「い」，但卻屬於「な形容詞」，要特別注意。

範例：静<small>しず</small>か＋な＋猫<small>ねこ</small>＝静<small>しず</small>かな　猫<small>ねこ</small>

　　　な形容詞　名詞

例句：

- ここに　静<small>しず</small>かな　猫<small>ねこ</small>が　います。　這裡有隻安靜的貓。

範例：きれい＋な＋猫<small>ねこ</small>＝きれいな　猫<small>ねこ</small>

　　　な形容詞　　名詞

例句：

- ここに　きれいな　猫<small>ねこ</small>が　います。　這裡有隻漂亮的貓。

（三）總整理

　　「い形容詞、な形容詞、名詞」的名詞修飾整理如下。

```
い形容詞＋名詞：〜い　名詞
な形容詞＋名詞：〜な　名詞
名詞＋名詞：〜の　名詞
```

● 練習問題 4.

請將下方的形容詞、名詞，改為適當的型態。

1. （きれいです → ＿＿＿＿＿＿＿＿＿） へや

2. （ゆうめいです → ＿＿＿＿＿＿＿） ひと

3. （トヨタです → ＿＿＿＿＿＿＿＿） くるま

4. （おもしろいです → ＿＿＿＿＿＿） ほん

5. （あかいです → ＿＿＿＿＿＿＿＿） りんご

6. （しずかです → ＿＿＿＿＿＿＿＿） まち

7. （つめたいです → ＿＿＿＿＿＿＿） みず

8. （ひろいです → ＿＿＿＿＿＿＿＿） こうえん

9. （げんきです → ＿＿＿＿＿＿＿＿） ねこ

10. （にほんです → ＿＿＿＿＿＿＿＿） カメラ

五、形容詞中止形

　　當一個句子裡有兩個形容詞的情況下，形容詞須變化成中止形（て形），也就是以「〜て・〜で」作為接續的方式。

（一）形容詞的「て形」

1. い形容詞

　　い形容詞的句子與其他句子連接時，要去掉「い形容詞」的「い」，再加上「くて」。

活用：い形容詞〜い → くて

範例：高<ruby>高<rt>たか</rt></ruby>い → くて＝<ruby>高<rt>たか</rt></ruby>くて

> 例句：

- <ruby>父<rt>ちち</rt></ruby>は　<ruby>背<rt>せ</rt></ruby>が　<ruby>高<rt>たか</rt></ruby>くて、<ruby>足<rt>あし</rt></ruby>が　<ruby>長<rt>なが</rt></ruby>いです。　父親個子高，腳又長。

- バナナは　<ruby>黄色<rt>き いろ</rt></ruby>くて、<ruby>長<rt>なが</rt></ruby>いです。　　香蕉又黃又長。

> 注意 いい → よくて

> 例句：

- <ruby>陳<rt>ちん</rt></ruby>さんは　<ruby>性格<rt>せいかく</rt></ruby>が　<ruby>良<rt>よ</rt></ruby>くて、やさしいです。
陳先生脾氣很好，而且很親切。

2. な形容詞

　　名詞句或な形容詞句的接續，只要把「です」改成「で」即可。

活用：な形容詞で、〜

範例：ハンサム＋で＝ハンサムで

• 彼は　ハンサムで、親切です。　他既帥氣，又親切。
（かれ）　　　　　　　　　（しんせつ）

注意　逆接的用法「が」

　　以上的接續用法，除了用來連接相同主題的句子之外，也適用於連接不同主題的數個句子。但在接續價值觀相反的句子時，則要使用「が」來連接。

例句：

• 他長得雖然很帥氣，但是個性不好。
　×　彼は　ハンサムで、性格が　悪いです。
　　（かれ）　　　　　　　（せいかく）　　（わる）
　○　彼は　ハンサムですが、性格が　悪いです。
　　（かれ）　　　　　　　　（せいかく）　　（わる）

（二）總整理

　　「い形容詞」和「な形容詞」的中止形整理如下。

$$\begin{cases} い形容詞～い → い形容詞くて、～ \\ な形容詞 → な形容詞で、～ \end{cases}$$

● 練習問題 5.

請變成一句話。

1. 陳さんは　しんせつです。　＋　ハンサムです。
（ちん）

2. わたしの　こどもは　げんきです。　＋　あかるいです。

3. たいわんりょうりは　やすいです。　＋　おいしいです。

4. ははは　わかいです。　＋　げんきです。

5. あの　こうえんは　えきから　とおいです。　＋　ちいさいです。

6. 林さんは　せが　たかいです。　＋　めが　おおきいです。
（りん）

7. せんせいの　かみは　きれいです。　＋　ながいです。

8. わたしの　へやは　ひろいです。　＋　やすいです。

9. 張^{ちょう}さんの　ねこは　くろいです。　＋　ちいさいです。

10.せんせいの　かばんは　しろいです。　＋　おおきいです。

六、形容詞＋動詞

　　形容詞是用來修飾名詞，無法修飾動詞。因此，當要修飾動詞時，形容詞必須變化成副詞。

（一）い形容詞

活用：い形容詞い　→　く
範例：高^{たか}い　→　高^{たか}く

例句：

- 空^{そら}を　高^{たか}く　飛^とびます。　　展翅高飛。
- 最近^{さいきん}　寒^{さむ}く　なりました。　最近變冷了。

（二）な形容詞

活用：な形容詞＋に
範例：静^{しず}か＋に＝静^{しず}かに

例句：

- ここは　図書館^{としょかん}ですから、静^{しず}かに　話^{はな}して　ください。
因為這裡是圖書館，請小聲說話。
- 娘^{むすめ}さん、きれいに　なりましたね。　女兒變漂亮了呢。

（三）總整理

　　「い形容詞」和「な形容詞」接續動詞的型態整理如下。

$$
\begin{cases}
\text{い形容詞～い} \rightarrow \text{い形容詞く} \\
\text{な形容詞} \quad \rightarrow \text{な形容詞に}
\end{cases}
$$

● 練習問題 6.

將（　　　　）中的形容詞變化成適當的型態。

1. もう　すこし　（はやい → ＿＿＿＿）　あるいて　ください。

2. いま　ここは　（にぎやか → ＿＿＿＿）　なりました。

3. かみが　（ながい → ＿＿＿＿）　なりました。

4. にくを　（ちいさい → ＿＿＿＿）　きります。

5. せんせいは、おおきい　こえで、（げんき → ＿＿＿＿）　はなします。

6. そうじを　して、へやが　（きれい → ＿＿＿＿）　なりました。

七、やってみよう

● 問題 1.

從①～④之中選出正確答案填入（　　　　）裡。

1. けさは　てんきが　（　　　　）ですね。
   ①　よくなかった　　　　　　②　よいなかった
   ③　いいくなかった　　　　　④　いいなかった

2. ここは　（　　　　）あぶないですから、きを　つけて　ください。
   ①　くらい　②　くらくて　③　くらいで　④　くらい

3. きょう　陳さんは　げんき（　　　　）。

　　①　なかったです　　　　　　　　②　くなかったです

　　③　ではありませんでした　　　　④　ではないでした

4. （　　　　）　なりましたから、まどを　しめて　ください。

　　①　さむいく　　②　さむいに　　③　さむく　　　　④　さむい

5. ここは　（　　　　）　いいです。

　　①　しずかく　　②　しずかで　　③　しずかの　　④　しずか

6. にくを　（　　　　）　きります。

　　①　うす　　　　②　うすい　　　③　うすいで　　④　うすく

7. ちいさい　とき　林さんは　（　　　　）。

　　①　きれくなかったです　　　　　②　きれいじゃありませんでした

　　③　きれいじゃなくでした　　　　④　きれくありませんでした

8. いちばん　（　　　　）　やさいは　なんですか。

　　①　きらい　　②　きらいな　　③　きらいだ　　④　きらい

9. もう　すこし　（　　　　）　はなして　くださいませんか。

　　①　しずかに　　②　しずかだ　　③　しずか　　　　④　しずか

10.せんしゅうは　しゅくだいが　おおくて　（　　　　）。

　　①　たいへんしました　　　　　　②　たいへんです

　　③　たいへんでした　　　　　　　④　たいへんだったでした

將選項①～④組成句子，並選擇一個放入★的最佳答案。

1. ＿＿＿＿＿ ＿★＿＿ ＿＿＿＿＿ ＿＿＿＿＿ です。

　　① かんたんじゃ　　　　　② しゅくだいは

　　③ きのうの　　　　　　　④ なかった

2. ＿＿＿＿＿ ＿＿＿＿＿ ＿＿＿＿＿ ＿★＿＿ です。

　　① すき　　　　　　　　　② おとうさんは

　　③ おんがくが　　　　　　④ 林さんの
　　　　　　　　　　　　　　　　り
　　　　　　　　　　　　　　　　ん

3. みんな ＿★＿＿ ＿＿＿＿＿ ＿＿＿＿＿ ＿＿＿＿＿ ください。

　　① にして　　　　　　　　② べんきょうして

　　③ しずか　　　　　　　　④ いますから

4. にほんごの ＿＿＿＿＿ ＿★＿＿ ＿＿＿＿＿ ＿＿＿＿＿ です。

　　① なかった　② あまり　③ むずかしく　　④ しけんは

5. ＿＿＿＿＿ ＿＿＿＿＿ ＿＿＿＿＿ ＿★＿＿ まちです。

　　① こうつうが　　　　　　② あんぜんで

　　③ べんりな　　　　　　　④ とうきょうは

「練習問題」解答

練習問題 1.

<table>
<tr><th>い形容詞</th><th>な形容詞</th></tr>
<tr><td>

いい、楽しい、忙しい、悪い、

高い、難しい、安い、厳しい、

寒い、冷たい、やさしい、新しい

</td><td>

ハンサム、素敵、暇、便利、

不便、親切、嫌い、きれい、

有名、賑やか、静か、複雑、

下手

</td></tr>
</table>

練習問題 2.

1. もう4月ですが、まだ<u>寒い</u>です。　已經四月了，還是很冷。
2. 昨日学校は、休みでしたから、<u>暇でした</u>。　因為昨天學校放假，很空閒。
3. 先週靴を買いました。この靴は、<u>古く</u>ないです。
   上星期買了鞋子。這雙鞋不舊。
4. 私の部屋は、汚いです。<u>きれい</u>じゃありません。
   我的房間很髒。不乾淨。
5. おととい、友達に本を借りました。その本はとても<u>面白い</u>です。
   前天向朋友借了書。那本書非常有趣。
6. 日本語のテストは、あまり<u>良く</u>なかったです。　日文考試，考得不太好。
7. ここは、とても<u>静か</u>です。　這邊，非常安靜。
8. 今朝、陳さんに会いました。陳さんはあまり<u>元気</u>じゃありませんでした。
   今天早上，和陳先生見了面。陳先生沒什麼精神。

練習問題 3.

1. → <u>今年の夏は暑い。</u>　今年的夏天很熱。
2. → <u>私は音楽が好きだ。</u>　我喜歡聽音樂。

3. → 昨日のパーティーはとても賑やかだった。　昨天的派對非常熱鬧。

4. → 母は料理が上手じゃない。　媽媽不擅長做菜。

5. → この町は静かだ。　這個城鎮很安靜。

6. → 昨日は天気が良くなかった。　昨天天氣不好。

7. → 昔、この大学はあまり有名じゃなかった。　以前，這所大學不太有名。

8. → お酒は嫌いじゃない。　不討厭酒。

練習問題 4.

1. （きれいです → きれいな）部屋　乾淨的房間

2. （有名です → 有名な）人　有名的人

3. （トヨタです → トヨタの）車　TOYOTA的車

4. （面白いです → 面白い）本　有趣的書

5. （赤いです → 赤い）りんご　紅色的蘋果

6. （静かです → 静かな）町　安靜的城鎮

7. （冷たいです → 冷たい）水　冰的水

8. （広いです → 広い）公園　寛闊的公園

9. （元気です → 元気な）猫　有精神的貓

10.（日本です → 日本の）カメラ　日本的相機

練習問題 5.

1. → 陳さんは親切で、ハンサムです。　陳先生又親切又帥氣。

2. → 私の子供は元気で、明るいです。　我的小孩又有精神又開朗。

3. → 台湾料理は安くて、おいしいです。　台灣料理又便宜又好吃。

4. → 母は若くて、元気です。　我的媽媽又年輕又有朝氣。

5. → あの公園は駅から遠くて、小さいです。
   那個公園離車站很遠，而且很小。

6. → 林さんは背が高くて、目が大きいです。
   林先生身高很高，而且眼睛很大。

7. → 先生の髪はきれいで、長いです。　老師的頭髮又漂亮又長。

8. → 私の部屋は広くて、安いです。　我的房間又寬又便宜。

9. → 張さんの猫は黒くて、小さいです。　張先生的貓咪又黑又小。

10.→ 先生のかばんは白くて、大きいです。
   老師的皮包是白色的，而且很大。

練習問題6.

1. もう少し早く歩いてください。　請稍微再走快一點。

2. 今ここは賑やかになりました。　現在這裡變熱鬧了。

3. 髪が長くなりました。　頭髮變長了。

4. 肉を小さく切ります。　肉切成小塊。

5. 先生は大きい声で、元気に話します。　老師大聲且有精神地說話。

6. 掃除をして、部屋がきれいになりました。　打掃過後，房間變乾淨了。

「やってみよう」解答

問題1.

1	2	3	4	5	6	7	8	9	10
①	②	③	③	②	④	②	②	①	③

1. 今朝は天気が（①良くなかった）ですね。　今天早上天氣不好呢。

2. ここは（②暗くて）危ないですから、気を付けてください。
   因為這裡又暗又危險，請小心。

3. 今日陳さんは元気（③ではありませんでした）。　今天陳先生沒精神。

4. （③寒く）なりましたから、窓を閉めてください。
因為變冷了，請把窗戶關上。

5. ここは（②静かで）いいです。　這裡很安靜，很好。

6. 肉を（④薄く）切ります。　把肉切薄。

7. 小さいとき、林さんは（②きれいじゃありませんでした）。
小時候，林小姐不是很漂亮。

8. 一番（②嫌いな）野菜は何ですか。　最討厭的蔬菜是什麼呢？

9. もう少し（①静かに）話してくださいませんか。　能不能講話小聲一點呢？

10. 先週は宿題が多くて（③大変でした）。上週功課很多，很辛苦。

問題 2.

1	2	3	4	5
②	①	②	②	③

1. 昨日の　宿題は　簡単じゃ　なかった　です。　昨天的功課不簡單。
　　　　　　★

2. 林さんの　お父さんは　音楽が　好き　です。　林先生的爸爸喜歡音樂。
　　　　　　　　　　　　★

3. みんな　勉強して　いますから　静か　にして　ください。
　　　　　　★

因為大家都在讀書，請安靜一點。

4. 日本語の　試験は　あまり　難しく　なかった　です。
　　　　　　　　★

日文的考試不太難。

5. 東京は　安全で　交通が　便利な　町です。

東京是安全且交通方便的城市。

第七單元　動詞

一、時制（現在式・過去式）

（一）現在式

　　日文的現在式表示「未來」與「習慣」。在這部分要學習的是與頻率副詞一起使用，表示「習慣」的動詞現在式：「～ます」。

現在式肯定形	～ます
現在式否定形	～ません

例句：

- 午前（ごぜん）は　たいてい　家（いえ）の　掃除（そうじ）を　します。　上午大都在打掃家裡。
- 午後（ごご）は　友達（ともだち）と　出（で）かけます。　下午跟朋友出去。
- ときどき　家（いえ）で　ゆっくり　します。　偶爾會在家裡悠閒地度過。

　　日文的文法，只有「現在式」和「過去式」，沒有未來式。「現在式」用「～ます」表示，而未來或現在的習慣，也是同樣用「現在式：～ます」來表現。

例句：

- 明日（あした）　台北（たいぺい）へ　行（い）きます。　明天去台北。
- 毎日（まいにち）　台北（たいぺい）へ　行（い）きます。　每天去台北。

（二）過去式

使用於過去的行為或過去發生的事情上。

過去式肯定形	～ました
過去式否定形	～ませんでした

例句：

- 昨日 映画を 見に 行きました。 　昨天去看了電影。
- 去年 初めて 温泉に 入りました。 　去年第一次泡了溫泉。

（三）總整理

現在式		過去式	
肯定	否定	肯定	否定
～ます	～ません	～ました	～ませんでした
食べます	食べません	食べました	食べませんでした

現在式	1. 未來
	2. 習慣
	3. 普遍的事實
過去式	過去的行為或過去發生的事情

二、形式（丁寧形・普通形）

	現在式肯定形	現在式否定形	過去式肯定形	過去式否定形
丁寧形	書きます	書きません	書きました	書きませんでした
普通形	書く （辭書形）	書かない （ない形）	書いた （た形）	書かなかった

	現在式肯定形	現在式否定形	過去式肯定形	過去式否定形
丁寧形	あります	ありません	ありました	ありませんでした
普通形	ある	*ない	あった	*なかった

＊相關文法請參考P.264

三、動詞分類

依照動詞變化方式來區分，可分為以下三大類：

Ⅰ類動詞	Ⅱ類動詞		Ⅲ類動詞
	（イ段）	（エ段）	
書<ruby>書<rt>か</rt></ruby>きます	見<ruby>見<rt>み</rt></ruby>ます	寝<ruby>寝<rt>ね</rt></ruby>ます	します
飲<ruby>飲<rt>の</rt></ruby>みます	います	出<ruby>出<rt>で</rt></ruby>ます	来<ruby>来<rt>き</rt></ruby>ます
話<ruby>話<rt>はな</rt></ruby>します	浴<ruby>浴<rt>あ</rt></ruby>びます	調<ruby>調<rt>しら</rt></ruby>べます	勉強<ruby>勉強<rt>べんきょう</rt></ruby>します
吸<ruby>吸<rt>す</rt></ruby>います	借<ruby>借<rt>か</rt></ruby>ります	かけます	買<ruby>買<rt>か</rt></ruby>い物<ruby>物<rt>もの</rt></ruby>します
行<ruby>行<rt>い</rt></ruby>きます	できます	入<ruby>入<rt>い</rt></ruby>れます	食事<ruby>食事<rt>しょくじ</rt></ruby>します

（一）Ⅰ類動詞：

「ます」前一音節為「イ」段音（母音是 [i]）者。

如：書<ruby>書<rt>か</rt></ruby>きます（寫）

Ki

（二）II 類動詞：

1.「ます」前一音節為「エ」段音（母音是 [e]）者。

如：食<ruby>べ<rt>た</rt></ruby>ます（吃）

    Be

2.「ます」前一音節為一音節者。（一音節的只有「イ」段音和「エ」段音）。

イ段如：見<ruby><rt>み</rt></ruby>ます（看）

    Mi

エ段如：寝<ruby><rt>ね</rt></ruby>ます（睡覺）

    Ne

3. 例外的動詞。

即便「ます」的前一音節是「イ」段音，也有可能不是 I 類動詞，而被分類在 II 類動詞。最容易弄錯的是 I 類動詞與 II 類動詞中的「上一段動詞」。

如：起<ruby><rt>お</rt></ruby>きます（起床）/ 借<ruby><rt>か</rt></ruby>ります（借）/ 浴<ruby><rt>あ</rt></ruby>びます（淋）/ 足<ruby><rt>た</rt></ruby>ります（足夠）/ できます（可以）/ 降<ruby><rt>お</rt></ruby>ります（下車）……這些都是 II 類動詞。

（三）III 類動詞：

只有以下的這兩個。

1. します（做）
2. 来<ruby><rt>き</rt></ruby>ます（來）

四、活用

（一）ない形

　　動詞後面接上否定助動詞「ない」的型態稱為「ない形」，用於動詞的普通形（常體）否定。如「読みます」（讀）變成「読まない」（不讀），「読ま」的部分就是「読みます」的「ない形」。

注意　「ない」的過去式否定

　　若為過去式否定，則直接將「ない」變成「なかった」即可，如「読まない」（不讀）變成「読まなかった」（沒讀）。

例句：

- 息子は　あまり　本を　<u>読まない</u>。　兒子不太讀書。
- 私は　学生の　とき、あまり　本を　<u>読まなかった</u>。
  我學生的時候，沒什麼讀書。

1. I 類動詞「ない形」的作法

　　「ます」前面的那一個音節由「イ」段音改為「ア」段音，並將「ます」改成「ない」。

$$
書\begin{cases}
か & \text{ka} ＋ない　（ない形）\\
き & \text{ki} ＋ます　（ます形）\\
く & \text{ku}\\
け & \text{ke}\\
こ & \text{ko}
\end{cases}
$$

	ます形（イ段）	ない形（ア段）
あいうえお		
かきくけこ	書きます	書かない
さしすせそ	貸します	貸さない
たちつてと	立ちます	立たない
なにぬねの	死にます	死なない
まみむめも	読みます	読まない
らりるれろ	帰ります	帰らない
わいうえを	買います	買わない

注意　若「ます」前面一音節是「い」時，則是改為「わ」而不是「あ」。

- 買います　→ ×　買あない
　　　　　　→ ○　買わない

2. Ⅱ類動詞「ない形」的作法

不改變「ます」前的動詞，直接將「ます」去掉改成「ない」即可。

Step1. 將「ます」去掉：見せます　→ 見せ

Step2. 剩下的「ます形」後面加「**ない**」：見せ　→ 見せ**ない**

ます形	ない形
調べます	調べない
見ます	見ない
寝ます	寝ない
起きます	起きない

3. Ⅲ類動詞「ない形」的作法

（1）します：

　　不改變「ます」前的動詞，直接將「ます」去掉改成「ない」即可。

Step1. 將「ます」去掉：します → し

Step2. 剩下的「ます形」後面加「**ない**」：し → し**ない**

ます形	ない形
します	しない
来<ruby>き</ruby>ます	来<ruby>こ</ruby>ない
勉強<ruby>べんきょう</ruby>します	勉強<ruby>べんきょう</ruby>しない

（2）来^きます：

　　雖然「ます」前面動詞的漢字的「来」並沒有改變、但「ます」去掉改成「ない」之後，發音會由「来^き」變成「来^こ」。

Step1. 將「ます」去掉之後，發音由「き」改變成「こ」：来ます → 来^こ

Step2. 剩下的「ます形」後面加「**ない**」：来^こ → 来^こ**ない**

> 注意　「あります」的ない形是「ない」。

（二）辭書形

　　「辭書形」就是動詞的「原形」，或稱為「字典形」、「基本形」。

1. Ⅰ類動詞「辭書形」的作法

　　「ます」前面的那一個音節，由「イ」段音改為「ウ」段音，並將「ます」去掉。

$$
書\begin{cases} か & ka + ない（ない形）\\ き & ki + ます（ます形）\\ く & ku \qquad（辭書形）\\ け & ke \\ こ & ko \end{cases}
$$

	ます形（イ段）	辭書形（ウ段）
あいうえお		
かきくけこ	書きます	書く
さしすせそ	貸します	貸す
たちつてと	立ちます	立つ
なにぬねの	死にます	死ぬ
まみむめも	飲みます	飲む
らりるれろ	切ります	切る
わいうえを	買います	買う

2. II類動詞「辭書形」的作法

不用改變「ます」前的動詞，直接將「ます」去掉再加上「る」即可。

Step1. 將「ます」去掉：見せます → 見せ

Step2. 剩下的「ます形」後面加上「**る**」：見せ → 見せ**る**

ます形	辭書形
調べます	調べる
見ます	見る
寝ます	寝る
起きます	起きる

3. III類動詞「辭書形」的作法

「ます」前面的那一個音節，由「イ」段音改為「ウ」段音，並將「ます」去掉，再加上「る」即可。

ます形	辭書形
します	する
来^きます	来^くる
勉強^{べんきょう}します	勉強^{べんきょう}する

（1）します

- さ　sa ＋ない　（ない形）
- し　shi ＋ます　（ます形）
- **す　su**　　　　（辭書形）
- せ　se
- そ　so

（2）来^きます

- か　ka ＋ない　（ない形）
- き　ki ＋ます　（ます形）
- **く　ku**　　　　（辭書形）
- け　ke
- こ　ko

（三）て形（た形）

1. Ｉ類動詞「て形」（た形）的作法

ます形	て形
い、ち、り ⟶	って
み、に、び ⟶	んで
き ⟶	いて
ぎ ⟶	いで
し ⟶	して

ます形	て形
買_かいます	買_かって
立_たちます	立_たって
帰_{かえ}ります	帰_{かえ}って
読_よみます	読_よんで
死_しにます	死_しんで
遊_{あそ}びます	遊_{あそ}んで
書_かきます	書_かいて
行_いきます	**行_いって**（例外）
急_{いそ}ぎます	急_{いそ}いで
話_{はな}します	話_{はな}して

（1）「ます」前面的那一個音節為「い」、「ち」、「り」時，改成促音「っ
　　て」。

如：買_かいます → 買_かって

　　立_たちます → 立_たって

　　帰_{かえ}ります → 帰_{かえ}って

（2）「ます」前面的那一個音節為「に」、「び」、「み」時，改成鼻音「んで」。

如：読みます → 読んで

　　死にます → 死んで

　　遊びます → 遊んで

（3）「ます」前面的那一個音節為「き」時，改成「いて」。

如：書きます → 書いて

（4）「ます」前面的那一個音節為「ぎ」時，改成「いで」。

如：急ぎます → 急いで

（5）「ます」前面的那一個音節為「し」時，改成「して」。

如：話します → 話して

2. II類動詞「て形」（た形）的作法

「ます」前的語幹不變，直接將「ます」改成「て」即可。

如：見せます → 見せて

ます形	て形
調べます	調べて
見ます	見て
寝ます	寝て
起きます	起きて

3. III類動詞「て形」（た形）的作法

「ます」前的語幹不變，直接將「ます」改成「て」即可。

如：します → して

　　来ます → 来て

ます形	て形
します	して
来^きます	来^きて
勉強^{べんきょう}します	勉強^{べんきょう}して

五、やってみよう

● 問題 1.

以下是各種不同形態的動詞，請將動詞做正確分類，並轉換成「辭書形」、「否定形」、「て形」、「た形」。

ます形	分類	て形	た形	ない形	辭書形
例：書^かきます	1	書^かいて	書^かいた	書^かかない	書^かく
1. 行^いきます					
2. 急^{いそ}ぎます					
3. 待^まちます					
4. 調^{しら}べます					
5. います					
6. 借^かります					
7. 貸^かします					
8. 見^みます					
9. 話^{はな}します					
10. 死^しにます					
11. 遊^{あそ}びます					
12. 降^おります					

「やってみよう」解答

問題 1.

ます形	分類	て形	た形	ない形	辞書形
例：書きます	1	書いて	書いた	書かない	書く
1. 行きます	1	行って	行った	行かない	行く
2. 急ぎます	1	急いで	急いだ	急がない	急ぐ
3. 待ちます	1	待って	待った	待たない	待つ
4. 調べます	2	調べて	調べた	調べない	調べる
5. います	2	いて	いた	いない	いる
6. 借ります	2	借りて	借りた	借りない	借りる
7. 貸します	1	貸して	貸した	貸さない	貸す
8. 見ます	2	見て	見た	見ない	見る
9. 話します	1	話して	話した	話さない	話す
10. 死にます	1	死んで	死んだ	死なない	死ぬ
11. 遊びます	1	遊んで	遊んだ	遊ばない	遊ぶ
12. 降ります	2	降りて	降りた	降りない	降りる

第八單元 | 助詞

一、主要助詞

（一）は

助詞「は」的發音與「わ」（Wa）的發音相同。

1.

意思：主語。

接續：名詞（主語）＋は＋（述語）。

例句：

- 私は 元気大学の ３年生です。　　　我是元氣大學的三年級生。
- これは 母が 作った 服です。　　這是媽媽做的衣服。
- 日本は きれいで、安全な 国です。 日本是既乾淨又安全的國家。

2.

意思：強調。

（1）

接續：名詞（想要強調的東西）＋は～。

例句：

- 作文は 明日 出して ください。 作文請明天交。
- 朝ごはんは 食べません。　　　　不吃早餐。

- その　本<u>は</u>　持って　来なくても　いいです。　那本書不帶來也可以。

（2）

接續：名詞＋は＋否定形

例句：

- 今日、授業<u>は</u>　ありませんでした。　今天沒有課。
- 先生<u>は</u>　ここに　いません。　　　　老師不在這邊。
- あの　映画<u>は</u>　あまり　好きでは　ありません。
  那部電影我不太喜歡。

3.

意思：比較。

接續：名詞 1 ＋は～が、名詞 2 ＋は～。

例句：

- 平仮名<u>は</u>　よく　分かりますが、片仮名<u>は</u>　あまり　分かりません。
  平假名雖然看得懂，但片假名就不太懂。
- ワイン<u>は</u>　好きですが、ビール<u>は</u>　好きじゃ　ありません。
  雖然喜歡紅酒，但啤酒就不喜歡。
- 昨日<u>は</u>　暖かかったですが、今日<u>は</u>　寒いです。
  雖然昨天很暖和，今天卻很冷。

（二）が

1.

意思：主語。

接續：名詞＋が、〜。

例句：

- バスが　来ました。　公車來了。

- いつも　父が　洗濯したり、掃除したり　します。
  平時都是爸爸在洗衣、打掃。

- 最近、野菜の　値段が　高く　なりました。　最近，菜價變貴了。

2.

意思：沒有伴隨動作的述語的對象（感情、能力等對象以及擁有的東西）。

接續：〜が＋（上手、下手、好き、嫌い）です。　擅長、不擅長、喜歡、討厭……。

　　　〜が＋分かります。　知道……。

　　　〜が＋あります。　　有……。

　　　〜が＋痛いです。　　……很痛。

　　　〜が＋ほしいです。　想要……。

例句：

- 韓国語が　全然　分かりません。　　　　完全不懂韓文。

- 家に　コンピューターが　ありません。　家裡沒有電腦。

- 兄は　テニスが　とても　上手です。　　哥哥非常擅長打網球。

- 頭が　痛いです。　　　　　　　　　　　頭痛。

- 新しい　車が　ほしいです。　　　　　　想要新車。

> 注意　何時用「は」？何時用「が」？
>
> 　　形容詞及動詞前的助詞要用「が」，「が」前面的名詞為主語。而文章的主題則是用助詞「は」來表示。

> 例句：

- 父は　寿司が　好きです。　　　　　　　　　　父親喜歡壽司。
- 娘は　にんじんが　嫌いです。　　　　　　　　女兒討厭紅蘿蔔。
- 姉は　ピアノが　上手です。　　　　　　　　　姊姊很會彈鋼琴。
- 息子は　日本語が　下手です。　　　　　　　　兒子不太會日文。
- （私は）今晩、アルバイトが　あります。　　　（我）今天晚上有打工。
- 主人は　日本語が　あまり　分かりません。　　我先生不懂日文。

3.

意思：逆説。

接續：（句子）＋が、（句子）。

> 例句：

- 小さい　りんごは　100円ですが、大きいのは　１５０円です。

  小的蘋果是一百日圓，但大的要一百五十日圓。

- 日本料理は　おいしいですが、高いです。

  日本料理雖然好吃，但很貴。

- 仕事は　楽しいですが、忙しいです。　工作雖然很有趣，但很忙。

> 注意　前後句意相同的情況，則會使用表示順接的「そして」（而且）；前後句意思相異的情況，則會使用表示逆接的「が」（但是）。

例句：

- 台湾料理は　おいしいです。そして、安いです。　台灣料理很好吃。而且，很便宜。
　　　　　　　　　　　　　　（＋）　　　　　　　　　　（＋）
- 日本料理は　おいしいですが、高いです。　日本料理很好吃，但很貴。
　　　　　　　　　　（＋）　　　（－）

4.

意思：導入語。

接續：（句子）＋が、（句子）。

例句：

- すみませんが、トイレは　どこですか。　不好意思，洗手間在哪裡呢？
- もしもし、本間ですが、陳さんは　いますか。

　喂，我是本間，請問陳小姐在嗎？

5.

意思：複句當中，子句的主語。

接續：（～が～）＋は～。／～は＋（～が～）。

　　　これは　カレーです。　這是咖哩。
　　　　　　└私が　作りました。　我做的。

↓

　　　これは　私が　作った　カレーです。　這是我做的咖哩。

例句：

- 私が　住んで　いる　所には、コンビニが　ありません。

　我住的地方沒有便利商店。

- 昨日　妹が　買った　服は　これです。　昨天妹妹買的衣服是這件。
- 兄は　先生が　卒業した　大学に　入りました。
  哥哥進了老師畢業的大學。

6.

意思：主語的一部分（身體的一部分）。

接續：名詞 1 ＋は＋名詞 2 ＋が〜。

例句：

- 姉は　目が　大きいです。　　姊姊的眼睛很大。
- 東京は　交通が　便利です。　東京的交通很方便。
- 陳さんは　頭が　いいです。　陳先生的頭腦很好。

7.

意思：表示前提。

接續：〜が……。

例句：

- すみませんが、その　塩を　取って　ください。
  不好意思，請幫我拿那個鹽。

- もしもし、本間ですが、陳さんを　お願いします。
  喂，我是本間，請找陳先生。

- 昨日　初めて　寿司を　食べましたが、とても　おいしかったです。
  昨天初次吃到壽司，非常美味。

注意 「は」和「が」的差異

（1）重要的情報

> ……は 重要情報 です。
> 重要情報 が……です。

例句：

- 私は 先生です。
  ★　　　　　　　　用「は」的話，要強調的東西在後面。

- 私が 先生です。
  ★　　　　　　　　用「が」的話，要強調的東西在前面。

（2）疑問詞的位置

疑問詞是疑問句當中最重要的東西，因此延續（1）的文法，而有以下的情況。

> ……は 疑問詞 です。
> 疑問詞 が 　……です。

例句：

Ａ：先生は 誰ですか。　　Ａ：老師是誰呢？
　　　　　★

Ｂ：先生は あの 方です。　Ｂ：老師是那一位。

Ａ：誰が 先生ですか。　　Ａ：誰是老師呢？
　　★

Ｂ：あの 方が 先生です。　Ｂ：那一位是老師。

注意 疑問句用「は」時，答句也要用「は」；同樣的，疑問句用「が」時，答句也要用「が」。

（3）複數句的主語

就如上面「が」部分的5.説明的那樣，主句的主語要用「は」，子句的主語要用「が」。

- 子供が 学校へ 行ってから、私は 友達と 食事に 行きました。

  附屬子句：小孩去了學校後，　　主句：我和朋友去吃飯。

- 私は いつも 母が 作った 服を 着て います。

  我總是穿著媽媽做的衣服。

  主句：私は いつも 服を 着て います。 我總是穿著衣服。

  附屬子句：母が 作りました。 媽媽做的。

（4）名詞A ＋ は ＋ 名詞B ＋ が～。

詳細解説請參照「が」的6.部分。

- 彼は、声が とても きれいです。 他的聲音非常動聽。

（三）を

1.

意思：對象。

接續：名詞（主語）は＋名詞（對象）を＋他動詞。

例句：

- 毎日 日本語の CDを 聞きます。　　　　　　每天都聽日文CD。
- １週間に １回 ピアノを 習って います。 一週學一次鋼琴。
- スーパーで 肉と 野菜を 買います。　　　　在超市買肉和蔬菜。

注意 他動詞的用法

　　在這裡出現的動詞稱作「他動詞」。使用方法：「名詞＋を＋他動詞」。

　　「～ます」表示動詞的現在式肯定形。這裡的助詞「を」表示「他動詞的直接受詞」，發音和「お」（o）相同。

2.

意思：通過點。

接續：名詞（主語）は＋名詞（場所）を＋自動詞（移動的動詞）。

例句：

- この　道を　まっすぐ　歩いて　ください。　請直走這條路。
- 毎日　犬と　一緒に　公園を　散歩して　います。
  每天都和狗一起在公園散步。

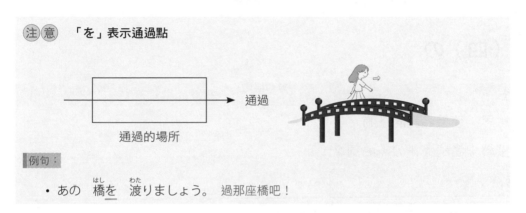

注意　「を」表示通過點

通過

通過的場所

例句：

- あの　橋を　渡りましょう。　過那座橋吧！

3.

意思：離開的地點。

接續：名詞（主語）は＋名詞（起始點）を＋自動詞（移動的動詞）。

例句：

- レストランを　出ます。　　　　　　　　從餐廳出來。
- 今年の　7月に　大学を　卒業しました。　今年七月從大學畢業了。

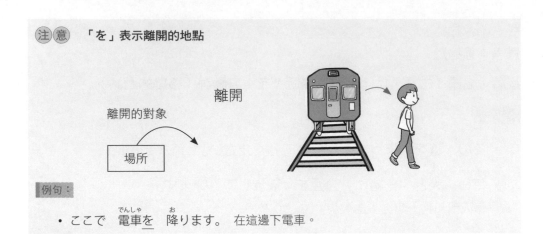

注意 「を」表示離開的地點

離開

離開的對象

場所

例句：

- ここで　電車を　降ります。　在這邊下電車。

（四）の

1.

意思：連接名詞的修飾。

接續：名詞1＋の＋名詞2

例句：

- これは　日本語の　本です。　　　這個是日文書。

- フランスの　ワインを　ください。　請給我法國葡萄酒。

- SONYの　携帯は　ありますか。　　有SONY手機嗎？

注意　「の」用於連接名詞

　　「の」用於連接名詞，如「名詞1＋の＋名詞2」。有「名詞1修飾名詞2」、「名詞1隸屬於名詞2」、「有關名詞1的名詞2」及「名詞1所擁有的名詞2」等多種用法。例如：

- 私の　かばん　　　我的包包
- 日本語の　本　　　日文書
- 机の　上　　　　　桌子上面
- 同僚の　田中さん　同事田中先生

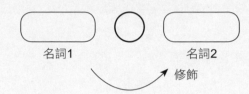

名詞1　　　○　　　名詞2

修飾

2.

意思：代替名詞。

接續：　　　名詞 ⎫
　　　　　形容詞 ⎬ ＋の
　　　動詞（普通形）⎭

例句：

- すみません、その　大きいのは　いくらですか。
  不好意思，那個大的是多少錢呢？

- その　鍵は　陳さんのです。　　　　　　那把鑰匙是陳先生的。

- この　赤いのは、白いのより　安いです。　這個紅色的比白色的便宜。

「の」後面的省略

　　若「名詞2」為對方已知的訊息，則可以省略重複的相同詞彙。

例句：

- これは　フランスの　ワインです。　這是法國的葡萄酒。

　=これは　フランスのです。　這是法國的。（「の」成為「ワイン」的替代名詞。）

（五）に

1.

意思：時間。

接續：名詞（時間）＋に＋動詞

例句：

- いつも　朝　7時に　起きます。　　　　　　總是早上七點起床。
- 授業は　午後　4時半に　終わります。　　　課程在下午四點半結束。
- 4月に　日本へ　桜を　見に　行きたいです。　四月想去日本看櫻花。

注意　「に」前面的時間放含有數字的名詞，「に」後面放表示動作的動詞，即可表達
　　　動作發生的時間。

時間＋に＋動作動詞

例句：

- 会議は　3時に　始まります。　　會議從三點開始。
- 学校は　9月に　始まります。　　學校從九月開始。
- 工事は　2010年に　終わりました。　施工在二〇一〇年結束了。

注 意 「數字＋です」的話，不需要加助詞「に」。

例句：

- 五點。
  × 5時<ruby>ごじ</ruby>に です。
  ○ 5時<ruby>ごじ</ruby>です。

注 意 表達數字以外的時間不需要加助詞「に」。

例句：

- 考試在明天結束。
  × あしたに 試験<ruby>しけん</ruby>が 終<ruby>お</ruby>わります。
  ○ あした 試験<ruby>しけん</ruby>が 終<ruby>お</ruby>わります。

注 意 表達星期幾時，助詞「に」可加可不加。

例句：

- 考試在星期四結束。
  ○ 試験<ruby>しけん</ruby>は 木曜日<ruby>もくようび</ruby>に 終<ruby>お</ruby>わります。
  ○ 試験<ruby>しけん</ruby>は 木曜日<ruby>もくようび</ruby> 終<ruby>お</ruby>わります。

2.

意思：動作的對象。

接續：名詞（對象）＋に＋動詞

例句：

- 学生<ruby>がくせい</ruby>に 日本語<ruby>にほんご</ruby>を 教<ruby>おし</ruby>えて います。 教學生日文。
- 母<ruby>はは</ruby>の日<ruby>ひ</ruby>に 母<ruby>はは</ruby>に 花<ruby>はな</ruby>と 服<ruby>ふく</ruby>を あげます。
  在母親節時送媽媽花和衣服。
- 友達<ruby>ともだち</ruby>に お金<ruby>かね</ruby>を 貸<ruby>か</ruby>します。 借朋友錢。

3.

意思：來源。

接續：名詞＋に＋動詞

例句：

- 誕生日に 友達に ケーキを もらいました。
  生日時收到朋友給的蛋糕。
- 友達に 日本語の 辞書を 借りました。 跟朋友借了日文字典。
- 今 本間先生に 生け花を 習って います。
  目前跟本間老師在學插花。

4.

意思：移動的目的。

接續：場所＋へ＋動詞ます形＋に＋移動動詞

　　　場所＋へ＋名詞＋に＋移動動詞

例句：

- 昨日 台北へ コンサートを 見に 行きました。
  昨天去台北看演唱會了。
- これから 銀行へ お金を 出しに 行きます。
  現在要去銀行領錢。
- デパートへ 友達の 誕生日プレゼントを 買いに 行きたいです。
  想去百貨公司買朋友的生日禮物。

注意　「場所＋へ＋名詞＋に＋移動動詞」這個接續當中的「に」的前面要放「名詞」。也就是説，要將動作變化成名詞。例如：

勉強する → 勉強（唸書）

買い物する → 買い物（購物）

出張する → 出張（出差）

5.

意思：存在的場所。

接續：名詞＋が＋存在動詞

例句：

- 庭に　犬が　1匹　います。　　　　　　　　庭院中有一隻狗。
- かばんの　中に　財布と　傘が　あります。　包包裡面有錢包和傘。
- 教室に　誰も　いません。　　　　　　　　教室裡一個人也沒有。

注意　存在動詞包含「います」、「あります」。

6.

意思：頻率。

接續：期間＋に＋次數

例句：

- 1週間に　1回　実家へ　帰ります。　一個禮拜回一次老家。
- 1年に　2回ぐらい　外国へ　旅行に　行きます。
  一年會去國外旅行兩次。
- 1日に　3回　薬を　飲まなければ　なりません。　一天必須吃三次藥。

7.

意思：物體的歸著點（最後動作的定點）。

接續：場所＋に

例句：

- ノートに 名前を 書きます。　在筆記本上寫名字。
- 机の 上に 本を 置きます。　桌上放著書。

8.

意思：到達點。

接續：場所＋に

例句：

- ここに 入らないで ください。　　　這邊請勿進入。
- 次の 駅で 電車に 乗り換えます。　在下一個車站換電車。
- 来年の 4月から 大学に 入ります。　從明年四月上大學。
- 山に 登ります。　　　　　　　　　登山。
- ホテルに 泊まります。　　　　　　住飯店。
- 椅子に 座ります。　　　　　　　　坐椅子。

注意　「に」和「を」的差別

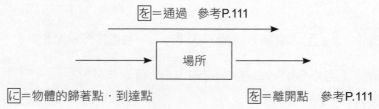

を＝通過　參考P.111

場所

に＝物體的歸著點・到達點　　　　　を＝離開點　參考P.111

9.

意思：變化的結果。

接續：な形容詞＋になります。

例句：

- この　辺は　夜　静かに　なります。　這附近晚上會變得很安靜。
- 息子は　医者に　なりました。　　　　兒子成為醫生了。
- 信号が　赤に　なりました。　　　　　號誌變紅了。

注意　静か＋なります＝静かに　なります　變安靜了。

（六）で

1.

意思：交通工具。

接續：交通方法＋で

例句：

- 毎日　自転車で　学校へ　行きます。　每天騎腳踏車去學校。
- ここから　台北まで　バスで　1時間　かかります。
  從這邊到台北搭巴士要一小時。
- もう　遅いですから、タクシーで　帰ります。
  因為已經很晚了，所以坐計程車回去。

當要表現交通方法時，會在交通工具的名詞後面加上助詞「で」，表示「工具、方式」即「搭乘〜」、「乘坐〜」的意思。但是，由於「歩く（走路）」不被視為交通方式，所以使用時要用動詞「歩きます」的て形，寫成「歩いて」，後面不加「で」。

例句：

○ バスで 公園へ 行きます。　坐公車去公園。
× 歩いてで 公園へ 行きます。　用走路去公園。
○ 歩いて 公園へ 行きます。　走路去公園。

2.

意思：道具。

接續：道具＋で

例句：

• ここは 鉛筆で 書いて ください。　這邊請用鉛筆寫。
• パソコンで 映画を 見たり、音楽を 聞いたり します。
　用電腦看看電影、聽聽音樂。
• 箸で ごはんを 食べる ことが できますか。　會用筷子吃飯嗎？

3.

意思：語言。

接續：語言＋で

例句：

• 日本語で 話しても いいですか。　説日文也可以嗎？
• 英語で レポートを 書きます。　用英文寫報告。

- この　書類は　中国語で　書いても　いいですよ。

  這個文件也可以用中文寫喔！

4.

意思：動作的場所，表示「在……」。

接續：場所＋で＋動作動詞

例句：

- 危ないですから、ここで　遊んでは　いけません。

  因為很危險，所以不能在這裡玩。

- 弟は　レストランで　アルバイトを　して　います。

  弟弟在餐廳裡打工。

- 日曜日　友達の　家で　パーティーが　あります。

  星期日在朋友家有派對。

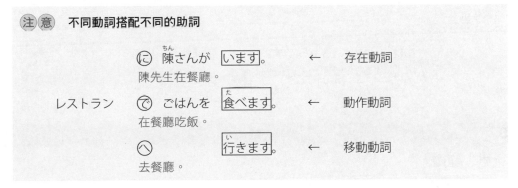

注意　不同動詞搭配不同的助詞

レストラン	に　陳さんが　います。	←	存在動詞
	陳先生在餐廳。		
	で　ごはんを　食べます。	←	動作動詞
	在餐廳吃飯。		
	へ　行きます。	←	移動動詞
	去餐廳。		

5.

意思：總計。

接續：單位量詞＋で

例句：

- 1人で　旅行に　行った　ことが　ありません。　沒有一個人去旅行過。

- 来週は　試験ですから、みんなで　勉強しましょう。

  因為下週考試，大家一起唸書吧！

- 全部で　１８９０円です。　總共是一九八〇日圓。

注意　「數量詞＋で」用來表示總計、合計的數字。

　　　如果有四樣商品，答案是①還是②呢？

Q：「いくらですか。」　「多少錢呢？」

A：①「全部、1000円です。」

　　②「全部で1000円です。」

正解：①

解説：①全部、1000円です。　＝４０００円　全部（每樣）都是一千日圓。

　　　②全部で1000円です。　＝1000円　總共是一千日圓。

例句：

- みかんは　５つで　３００円です。　五顆橘子總共三百日圓。

　但像是「一つ」（一個）之類的最小單位，量詞則不需要加「で」。

例句：

　　× みかんは　一つで　８０円です。　橘子一顆總共八十日圓。
　　○ みかんは　一つ　８０円です。　　橘子一顆八十日圓。

6.

意思：範圍。

接續：名詞＋で

例句：

- クラスで　一番　背が　高い　人は　陳さんです。

  班上身高最高的是陳同學。

- 季節の　中で　一番　夏が　好きです。　季節中最喜歡夏天。

（七）も

1.

意思：同樣的東西。

接續：～も……。

例句：

- マイケルさんは　アメリカ人です。ケリーさんも　アメリカ人です。
  麥可是美國人。凱莉也是美國人。

- これは　100円です。それも　100円です。
  這個是一百日圓。那個也是一百日圓。

- パンを　食べました。たまごも　食べました。　吃了麵包。也吃了蛋。

注意　「も」是中文「也」的意思，與指示話題的「は」用法相同。

2.

意思：同樣事物的並列，表示「～跟～都」的意思。

接續：～も～も

例句：

- 週末、土曜日も　日曜日も　働かなければ　なりません。
  週末，星期六和星期日都必須要上班。

- それも　あれも　彼に　もらった　物です。
  這個跟那個都是他給的東西。

- 寿司も　刺身も　大好きです。　壽司和生魚片都非常喜歡。

3.

意思：表示「～都不～」。

接續：疑問詞＋も＋否定

例句：

- 昨日　どこ（へ）も　行きませんでした。　　昨天哪裡都沒去。
- 今　家に　誰も　いません。　　　　　　　　現在家裡誰都不在。
- 朝は　何も　食べませんでした。　　　　　　早上什麼都沒吃。

注意　「疑問詞（何）＋も＋否定形」是用來表示全面否定。

例句：

- 何も　食べません。　　　　什麼東西都不吃。
- 何も　買いません。　　　　什麼東西都不買。
- 何も　したく　ないです。　什麼事情都不想做。

（八）か

1.

意思：疑問。

（1）

接續：（句子）＋か。

例句：

- 今日は　何曜日ですか。　　　今天星期幾呢？
- これは　先生の　本ですか。　這個是老師的書嗎？

- この　電話は　陳さんのですか。　這個電話是陳先生的嗎？

注意 在「です・ます」的疑問句末，必須加入「か」。

（2）

接續：Aか、Bか。

例句：

- あれは　SONYの　テレビですか、Panasonicのですか。
  那個是SONY的電視呢？還是Panasonic的呢？
- それは　0ですか、6ですか。　那個是0呢？還是6呢？
- これは　あなたのですか、田中さんのですか。
  這是你的呢？還是田中先生的呢？

注意 用於兩個選項以上的並列疑問句「Aか、Bか。」，回答通常為A和B二選一。「A
ですか↗、Bですか↗。」中，後面的「か」發音要上揚。

2.

意思：選擇，表示「A 或 B」。

接續：AかB

例句：

- 朝ごはんは　いつも　パンか　ごはんです。　早餐總是麵包或飯。
- 黒か　青の　ペンを　貸して　ください。　請借我黑色或藍色的筆。
- 今日か　明日、時間が　ありますか。　今天或明天有時間嗎？

3.

意思：不確定。

接續：疑問詞＋か。

例句：

- 明日　誰か　手伝いに　来ますか。　　　明天誰會來幫忙呢？
- 先週の　週末　どこかへ　行きましたか。　上週末有去哪裡嗎？
- 何か　食べませんか。　　　　　　　　　要不要吃些什麼呢？

（九）へ

意思：方向。

接續：場所名詞＋へ＋移動動詞

例句：

- 日本へ　行った　ことが　ありません。　沒有去過日本。
- 父は　今　家に　いません。会社へ　行きました。
  爸爸現在不在家。去公司了。
- これから　公園へ　散歩を　しに　行きます。　現在要去公園散步。

注意　「へ」與移動動詞

　　使用「へ」助詞時，必須和「え」（e）發同樣的音，代表「移動方向」的意思。移動動詞有：「行きます」（去）、「来ます」（來）、「帰ります」（回去）等。

（十）と

1.

意思：並列。

接續：名詞＋と＋名詞

例句：

- 大学で 日本語<u>と</u> 韓国語を 勉強して います。
  正在大學學日文和韓文。

- 日本料理で ラーメン<u>と</u> 寿司が 好きです。
  在日本料理中喜歡拉麵和壽司。

- すみません、サンドイッチ<u>と</u> ジュースを ください。
  不好意思，請給我三明治和果汁。

注意　名詞並列時，要用「と」來連接。但是請小心，只能用在「名詞＋名詞」的時候。

2.

意思：一起動作的對象。

接續：人＋と＋動詞

例句：

- 1年に 1度 両親<u>と</u> 一緒に 海外旅行に 行きます。
  一年會和父母一起出國旅遊一次。

- 明日 大学の 友達<u>と</u> ごはんを 食べます。
  明天和大學朋友吃飯。

- ときどき 母<u>と</u> 一緒に ダンスを して います。
  偶爾會和媽媽一起跳舞。

3.

意思：引述想法或言語的內容。

接續：動詞普通形＋と＋動詞

例句：

- これは　何<ruby>何<rt>なん</rt></ruby>と　読<ruby>読<rt>よ</rt></ruby>みますか。　這個要怎麼讀呢？

- この　ケーキは　きれいですが、あまり　おいしく　ないと　思<ruby>思<rt>おも</rt></ruby>います。
  我覺得這個蛋糕雖然很漂亮，但不太好吃。

- 先生<ruby>先生<rt>せんせい</rt></ruby>は　明日<ruby>明日<rt>あした</rt></ruby>　学校<ruby>学校<rt>がっこう</rt></ruby>を　休<ruby>休<rt>やす</rt></ruby>むと　言<ruby>言<rt>い</rt></ruby>いました。　老師說明天學校放假。

4.

意思：用於比較時。

接續：名詞 1 ＋と＋名詞 2 ＋と～

例句：

- コーヒーと　紅茶<ruby>紅茶<rt>こうちゃ</rt></ruby>と　どちらが　いいですか。　咖啡和紅茶哪個好呢？

- 日本<ruby>日本<rt>にほん</rt></ruby>と　台湾<ruby>台湾<rt>たいわん</rt></ruby>とは　少<ruby>少<rt>すこ</rt></ruby>し　文化<ruby>文化<rt>ぶんか</rt></ruby>が　似<ruby>似<rt>に</rt></ruby>て　います。
  日本和台灣文化有一點點相似。

- バスと　地下鉄<ruby>地下鉄<rt>ちかてつ</rt></ruby>と　どちらが　便利<ruby>便利<rt>べんり</rt></ruby>ですか。
  巴士和地下鐵哪個方便呢？

（十一）や～など

意思：並列。

接續：名詞＋や＋名詞＋など

例句：

- 机の 上に 本や コップなどが あります。 桌上有書、杯子等等。

- デパートで ネクタイや 靴などを 買いました。
  在百貨公司買了領帶、鞋子等等。

- 昨日は ビールや ウイスキーなど たくさん 飲みました。
  昨天喝了很多啤酒、威士忌等等。

注意 「や」用來列舉同類事物，除了表示「～和～」之外，並暗示除此之外還有沒有
提到的事物存在。

注意 「や」vs「と」

「と」：所有的東西都要列舉出來。

「や」：從一堆東西中，舉二、三個例子出來。

（十二）から

1.

意思：動作、作用的起點（時間、地點）。

接續：時間・地點＋から

例句：

- 来週から 連休です。 從下週開始連續假日。

- ここ<u>から</u>　毎日（まいにち）　バスが　出（で）て　います。　每天都有巴士從這裡出發。
- 日本（にほん）<u>から</u>　台湾（たいわん）まで　飛行機（ひこうき）で　4時間（よじかん）ぐらい　かかります。
  從日本到台灣，坐飛機大約要花四小時。

2.

意思：理由。

接續：〜から、……。

例句：

- 今日（きょう）は　雨（あめ）です<u>から</u>、家（いえ）に　いましょう。
  因為今天下雨，就待在家裡吧。

- もうすぐ　試験（しけん）です<u>から</u>、勉強（べんきょう）しなければ　なりません。
  因為就快要考試了，所以不得不讀書。

- 頭（あたま）が　痛（いた）いです<u>から</u>、少（すこ）し　休（やす）んでも　いいですか。
  因為頭痛，所以能稍微休息一下嗎？

注意　「から」能讓兩個句子連起來，表示「理由」的意思。基本上「〜から」是屬於口語用法。另外也有「……から。」這樣使用在句末的用法。

例句：

- <u>便利（べんり）です**から**</u>、ツアーで　行（い）きます。　**因為**很方便，所以跟團去。
  　　　　理由
- ツアーで　行（い）きます、<u>便利（べんり）です**から**</u>。　跟團去，**因為**很方便。
  　　　　　　　　　　　　　理由

（十三）まで

意思：動作、行為的終點（時間、場所）。

接續：時間 ・ 場所＋まで

例句：

- ここまで　どのくらい　かかりましたか。
  到這邊花了多少時間呢？
- この　店は　夜　10時まで　開いて　います。　這間店開到晚上十點。
- この　本は　来週の　月曜日まで　借りる　ことが　できます。
  這本書可以借到下週一。

注意　「から」是指時間、地點的起點；「まで」是指時間、地點的終點。皆可單獨使用，也可以像「〜から〜まで」這樣一起搭配使用。

例句：

- デパートは　午前　10時からです。　百貨公司從早上十點開始。
- デパートは　午後　9時半までです。　百貨公司到晚上九點半為止。
- デパートは　午前　10時から　午後　9時半までです。
  百貨公司從早上十點到晚上九點半。

（十四）より

意思：比較。

接續：名詞1＋より＋名詞2

例句：

- 兄は　父より　背が　高いです。　哥哥比爸爸高。

- 数学の　試験は　日本語の　試験より　悪かったです。
  數學測驗比日文測驗差。
- 今年は　去年より　寒いです。　今年比去年冷。

（十五）だけ

意思：限定。

接續：名詞＋だけ

例句：

- 今日の　宿題は　１つだけです。　今天的作業只有一個。
- 台湾人は　私と　陳さんだけです。　台灣人只有我和陳先生而已。
- いつもは　歩いて　学校へ　行きますが、今日だけ　タクシーで　行きました。
  一直以來都是走路上學，只有今天是坐計程車去。

（十六）しか

意思：限定。

接續：名詞＋しか＋否定形

例句：

- 財布の　中に　100元しか　ありません。　錢包中只有一百元。
- いつも　朝ごはんは　コーヒーしか　飲みません。
  一直以來早餐只喝咖啡。
- 今　家には　私しか　いません。　現在家裡只有我。

注意　後面動詞必為否定。

132

（十七）くらい（ぐらい）

意思：程度表示「大約」、「左右」。

接續：名詞＋くらい（ぐらい）

例句：

- ここから　駅_{えき}まで　3キロくらいです。　　　従這裡到車站約三公里。
- 毎日_{まいにち}　7時間_{しちじかん}くらい　寝_ねます。　　　每天約睡七個小時。
- 国_{くに}で　日本語_{にほんご}を　2年_{にねん}くらい　勉強_{べんきょう}しました。　在母國學了兩年日文。

（十八）ずつ

1.

意思：表示平分的數量、重複固定的數量。

接續：量＋ずつ

例句：

- 1人_{ひとり}　3枚_{さんまい}ずつ　コピーを　もらいます。　每人各拿三張影印。
- 黄色_{きいろ}い　薬_{くすり}と　赤_{あか}い　薬_{くすり}を　2個_{にこ}ずつ　飲_のみます。
  黄色藥和紅色藥各吃兩顆。
- 毎日_{まいにち}　2、3_{にさん}ページずつ　日本語_{にほんご}の　本_{ほん}を　読_よんで　います。
  每天固定讀二、三頁的日文書。
- 少_{すこ}しずつ　料理_{りょうり}が　上手_{じょうず}に　なりました。　做菜一點一點地上手了。

● 練習問題 1.

請選出正確答案。

1. あの　シャツは　きれいですね。わたしは　あかい　（　　　　）　が
　　ほしいです。
　　① は　　　　　② も　　　　　③ の　　　　　④ を

2. らいしゅう　ともだちが　にほん（　　　　）　きます。
　　① へ　　　　　② まで　　　　③ から　　　　④ を

3. けさ　パン（　　　　）　くだものを　たべました。
　　① も　　　　　② に　　　　　③ が　　　　　④ と

4. きのう　ともだちと　たいぺい（　　　　）　いきました。
　　① に　　　　　② で　　　　　③ へ　　　　　④ を

5. としょかん（　　　　）　ほんを　よみました。
　　① に　　　　　② は　　　　　③ で　　　　　④ を

6. きせつ（　　　　）　いちばん　はちがつが　あついです。
　　① で　　　　　② が　　　　　③ に　　　　　④ を

7. バス（　　　　）　がっこうへ　きました。
　　① から　　　　② に　　　　　③ が　　　　　④ で

8. この　みち（　　　　）　あるいて、こうえんへ　いきます。
　　① から　　　　② に　　　　　③ を　　　　　④ で

9. この　いす（　　　　）　すわっても　いいですか。
　　① は　　　　　② に　　　　　③ を　　　　　④ で

10.びょういんは　ぎんこう（　　　　）　ひだりです。

　　① から　　　　② に　　　　　③ の　　　　　④ で

11.びょうき（　　　　）　がっこうを　やすみます。

　　① から　　　　② に　　　　　③ が　　　　　④ で

12.だいがくまえで　バス（　　　　）　おります。

　　① を　　　　　② から　　　　③ に　　　　　④ の

13.にほんごの　じゅぎょうは　7じから　10じ（　　　　）です。

　　① まで　　　　② ×　　　　　③ が　　　　　④ に

14.つくえの　うえに　ほん（　　　　）　えんぴつなどが　あります。

　　① は　　　　　② や　　　　　③ と　　　　　④ が

15.デパート（　　　　）　ネクタイを　かいました。

　　① から　　　　② に　　　　　③ が　　　　　④ で

二、接尾語

（一）ごろ

意思：大概的時間。

接續：時間＋ごろ

例句：

- 3時ごろ　娘を　迎えに　行きます。　大約三點要去接女兒。

- いつも　7時ごろ　起きます。　　　　總是約 匕點起床。

- 5時ごろ　陳さんが　来ましたよ。　五點左右陳先生來了喔。

「ごろ」：表示某個時間點的前後。

「ぐらい」：用於時間、期間、或是時間以外的數量，表示大概的時間或是數量。

例句：

- 昨日は　2時ごろ　寝ました。　　　　　　昨天兩點左右睡覺了。
- 昨日は　3時間ぐらいしか　寝ませんでした。　昨天只睡了大概三小時。
- 肉を　2キロぐらい　買いました。　　　　買了大概兩公斤的肉。

（二）中

1. ちゅう

意思：動作正進行中。

接續：名詞＋中

例句：

- 母は　今　電話中です。　　　　　　　　媽媽現在正在講電話。
- この　コンピューターは　故障中です。　這台電腦故障中。
- 食事中に　話を　しては　いけません。　吃飯時不可以説話。

注意　　「中」這個字前面的名詞，須是含有動作的名詞（動名詞）。

2. じゅう

意思：全部。

接續：名詞＋中

例句：

- 休みの　日は　家で　一日中　寝て　います。

  休假日，在家裡睡一整天。

- この　本は　世界中で　有名です。　這本書舉世聞名。

- 今日は　文化祭ですから、学校中　にぎやかです。

  因為今天是文化祭，所以整個學校很熱鬧。

注意　上面1.與2.的漢字都是「中」，但會根據意思而有不同的唸法，要特別注意。

（三）たち（達）・がた（方）

意思：複數的人。

接續：人稱名詞＋達・方

例句：

- 子供達が　外で　遊んで　います。　孩子們在外面玩。

- あなた方の　教室は　ここでは　ありません。

  你們的教室不在這裡。

- グランドで　たくさんの　学生達が　運動して　います。

  操場上很多學生們正在運動。

（四）すぎ（過ぎ）・まえ（前）

意思：時間的前後。

接續：時間＋過ぎ・前

例句：

- もう　7時5分<ruby>過<rt>す</rt></ruby>ぎです。　已經七點五分了。
　しちじ　ごふん

- 「<ruby>今<rt>いま</rt></ruby>　<ruby>何時<rt>なんじ</rt></ruby>ですか。」　「現在幾點呢？」

　「<ruby>8時15分前<rt>はちじじゅうごふんまえ</rt></ruby>ですよ。」　「七點四十五分喔。」

- <ruby>明日<rt>あした</rt></ruby>は　<ruby>2時10分前<rt>にじじゅっぷんまえ</rt></ruby>に　ここに　<ruby>集<rt>あつ</rt></ruby>まって　ください。
　明天請一點五十分在這邊集合。

● 練習問題 2.

請在（　　　　　）中填入適當的單字。

> たち・じゅう・ちゅう・まえ・すぎ・たち・ごろ

1. シンガポールは　いちねん（　　　　）　あつい　くにです。

2. いま　じゅうにじ　じゅっぷん（　　　　）です。もう　すこしで
　おひるですよ。

3. あしたは　ごじ（　　　　）　おきなければ　なりません。

4. じゅぎょう（　　　　）ですから、おしゃべりを　しては　いけません。

5. もうすぐ　しけんですから、たくさんの　がくせい（　　　　）が
　としょかんで　べんきょうして　います。

三、終助詞

（一）わ

意思：女性用語。

例句：

- 「これ、きれいな 花<ruby>花<rt>はな</rt></ruby>だわ。」　「這花好漂亮呀！」
- 「今日<ruby>今日<rt>きょう</rt></ruby>は、とても 暑<ruby>暑<rt>あつ</rt></ruby>いわ。」　「今天好熱呀。」
- 「ちょっと、疲<ruby>疲<rt>つか</rt></ruby>れたわ。」　　「有點累了呢。」

（二）ね

1.

意思：確認。

例句：

- 「陳<ruby>陳<rt>ちん</rt></ruby>さんの 電話番号<ruby>電話番号<rt>でん わ ばんごう</rt></ruby>は ０１-2345です<ruby>ゼロ いち のにさんよんご</ruby>ね。」
  「陳先生的電話是01-2345對吧？」
- 「会議<ruby>会議<rt>かいぎ</rt></ruby>は 2時<ruby>2時<rt>にじ</rt></ruby>からですね。」　「會議是從兩點開始對吧？」
- 「明日<ruby>明日<rt>あした</rt></ruby>の パーティー、行<ruby>行<rt>い</rt></ruby>きますよね。」
  「明天的派對，會去對吧？」

> 注意　在句尾加上「ね」時，可用來表示確認。說的時候，音調要上揚，例如「火曜日<ruby>火曜日<rt>かようび</rt></ruby>ですね。↗」（星期二對吧？）。此用法日常生活中常會用到，可讓說出來的日文變得更自然。
>
> 例句：
> - A：「美術館<ruby>美術館<rt>びじゅつかん</rt></ruby>の 休<ruby>休<rt>やす</rt></ruby>みは 何曜日<ruby>何曜日<rt>なんようび</rt></ruby>ですか。」
>   A：「美術館公休是星期幾呢？」

B：「火曜日です。」
B：「星期二。」

A：「ああ、そうですか。火曜日ですね。」
A：「啊，這樣啊。星期二對吧？」

2.

意思：同意。

例句：

- 「昨日の　会議、疲れましたね。」　「昨天的會議，很累對吧。」
  「本当　大変でしたね。」　　　　「真是辛苦了呢。」

- 「ちょっと　休みませんか。」　　「要稍微休息一下嗎？」

  「そうですね。」　　　　　　　　「說的也是。」

- 「今日は　暑かったですね。」　　「今天好熱呀。」

（三）よ

意思：提醒對方。

例句：

- 「外は　雨が　降って　いますよ。」　「外面現在在下雨唷！」
- 「今日、先生は　休みですよ。」　　　　「今天老師請假唷。」
- 「宿題は　明日までに　出さなければ　なりませんよ。」
  「作業明天之前非交不可唷。」

注意　告訴對方不知道的事情的時候，要使用「よ」。

● 練習問題 3.

請選出正確答案。

1. 「あしたは　しけんが　あります（　　　　）。」「そうですか。」
   ① ね　　　　　② か　　　　　③ よ　　　　　④ わ

2. 「きょうは　あついです（　　　　）。」「そうですね。」
   ① よ　　　　　② か　　　　　③ ね　　　　　④ かね

3. （女性）「これは　とても　すてきだ（　　　　）。」
   ① か　　　　　② ぜ　　　　　③ な　　　　　④ わ

4. A：「でんわばんごうは　なんばんですか。」
   B：「03-1234です。」
   A：「03-1234です（　　　　）。」
   ① よ　　　　　② わ　　　　　③ ね　　　　　④ の

四、やってみよう

● 問題 1.

從①～④之中選出正確答案填入（　　　　）裡。

1. かいしゃで　しごとを　します。うち（　　　　）　ぜんぜん　しません。
   ① とは　　　　② には　　　　③ がは　　　　④ では

2. あねは　かぜ（　　　　）　びょういんへ　いきました。
   ① が　　　　　② か　　　　　③ も　　　　　④ で

3. りんご（　　　　）　みっつ　かいました。

　　① が　　　　　② の　　　　　③ を　　　　　④ に

4. まいにち　しんぶん（　　　　　）　よみます。

　　① へ　　　　　② が　　　　　③ を　　　　　④ に

5. ナイフ（　　　　）　りんごを　きりました。

　　① が　　　　　② で　　　　　③ に　　　　　④ を

6. しちじ（　　　　）　なりました。ばんごはんです。

　　① に　　　　　② が　　　　　③ から　　　　④ へ

7. すみません。ジュース（　　　　　）　ください。

　　① が　　　　　② や　　　　　③ を　　　　　④ に

8. 田中<ruby>田中<rt>たなか</rt></ruby>さん（　　　　　）　いう　ひとを　しって　いますか。

　　① に　　　　　② が　　　　　③ を　　　　　④ と

9. あには　サッカー（　　　　　）　すきです。

　　① に　　　　　② と　　　　　③ が　　　　　④ の

10.まいばん　かぞく（　　　　）　でんわを　します。

　　① で　　　　　② に　　　　　③ を　　　　　④ の

11.わたしは　ちち（　　　　　）　よく　さんぽを　します。

　　① を　　　　　② の　　　　　③ と　　　　　④ へ

12.きのうの　パーティー（　　　　　）　なにを　しましたか。

　　① が　　　　　② で　　　　　③ へ　　　　　④ を

13.くるまの　うしろ（　　　　　）　こどもが　いますよ。

　　① で　　　　　② に　　　　　③ を　　　　　④ へ

14. すしを たべました。それから、すきやき（　　　　）　たべました。

①　か　　　　　②　が　　　　　③　も　　　　　④　は

15. どの ひと（　　　　）　せんせいですか。

①　か　　　　　②　を　　　　　③　は　　　　　④　が

16. あした ようじが ありますから、がっこう（　　　　）　やすみます。

①　を　　　　　②　に　　　　　③　が　　　　　④　で

17. はし（　　　　）　わたると、わたしの　いえが　あります。

①　で　　　　　②　に　　　　　③　を　　　　　④　で

18. にほん（　　　　）　にほんご（　　　　）　べんきょう（　　　　）
いきました。

①　で　　　　　②　の　　　　　③　に　　　　　④　へ

①　を　　　　　②　の　　　　　③　へ　　　　　④　で

①　へ　　　　　②　の　　　　　③　に　　　　　④　で

19. にじ（　　　　）　陳<ruby>陳<rt>ちん</rt></ruby>さん（　　　　）　あいましょう。

①　を　　　　　②　から　　　　③　に　　　　　④　の

①　を　　　　　②　から　　　　③　に　　　　　④　の

20. ヤンさんは　にほんご（　　　　）　てがみ（　　　　）　かきます。

①　で　　　　　②　から　　　　③　に　　　　　④　の

①　を　　　　　②　から　　　　③　に　　　　　④　の

「練習問題」解答

練習問題 1.

1	2	3	4	5	6	7	8
③	①	④	③	③	①	④	③

9	10	11	12	13	14	15
②	③	④	①	①	②	④

1. あのシャツはきれいですね。私は赤い（③の）がほしいです。
   那件襯衫很好看呢。我想要紅色的。

2. 来週友達が日本（①へ）来ます。 下週朋友要來日本。

3. 今朝パン（④と）果物を食べました。 今天早上吃麵包和水果。

4. 昨日友達と台北（③へ）行きました。 昨天和朋友去了台北。

5. 図書館（③で）本を読みました。 在圖書館讀了書。

6. 季節（①で）一番 8 月が暑いです。 季節當中最熱的是八月。

7. バス（④で）学校へ来ました。 搭了巴士來學校。

8. この道（③を）歩いて、公園へ行きます。 走這條路去公園。

9. この椅子（②に）座ってもいいですか。 可以坐在這個椅子上嗎？

10. 病院は銀行（③の）左です。 醫院在銀行的左側。

11. 病気（④で）学校を休みます。 因為生病向學校請假。

12. 大学前でバス（①を）降ります。 在大學前下公車。

13. 日本語の授業は 7 時から 1 0 時（①まで）です。 日文課從七點到十點。

14. 机の上に本（②や）鉛筆などがあります。 桌上有書和鉛筆等。

15. デパート（④で）ネクタイを買いました。 在百貨公司買了領帶。

練習問題 2.

1. シンガポールは一年（中）暑い国です。　新加坡是整年都很炎熱的國家。

2. 今12時10分（前）です。もう少しでお昼ですよ。
   現在是十一點五十分。再一下就是中午了呢。

3. 明日は5時（ごろ）起きなければなりません。　明天不在五點左右起床不行。

4. 授業（中）ですから、おしゃべりをしてはいけません。
   因為正在上課，所以不能聊天。

5. もうすぐ試験ですから、たくさんの学生（たち）が図書館で勉強しています。
   因為馬上就要考試了，很多學生們在圖書館讀書。

練習問題 3.

1	2	3	4
③	③	④	③

1. 「明日は試験があります（③よ）。」　「明天有考試唷。」

   「そうですか。」　「是這樣啊。」

2. 「今日は暑いです（③ね）。」　「今天很熱耶。」

   「そうですね。」　「真的耶。」

3. （女性）「これはとても素敵だ（④わ）。」　（女性）「這個非常棒呢！」

4. A：「電話番号は何番ですか。」　A：「電話號碼是幾號呢？」

   B：「03-1234です。」　B：「03-1234喔。」

   A：「03-1234です（③ね）。」　A：「是03-1234對吧？」

「やってみよう」解答

問題1.

1	2	3	4	5	6	7	8	9	10
④	④	③	③	②	①	③	④	③	②

11	12	13	14	15	16	17	18	19	20
③	②	②	③	④	①	③	④②③	③③	①①

1. 会社で仕事をします。家（④では）全然しません。
   工作都在公司做。在家裡完全不做。

2. 姉は風邪（④で）病院へ行きました。　姊姊因為感冒去了醫院。

3. りんご（③を）3つ買いました。　買了三顆蘋果。

4. 毎日新聞（③を）読みます。　每天看報紙。

5. ナイフ（②で）りんごを切りました。　用刀子切了蘋果。

6. 7時（①に）なりました。晩ごはんです。　七點了。吃晚餐了。

7. すみません。ジュース（③を）ください。　不好意思。請給我果汁。

8. 田中さん（④と）いう人を知っていますか。　知道一位叫做田中的人嗎？

9. 兄はサッカー（③が）好きです。　哥哥喜歡足球。

10. 毎晩家族（②に）電話をします。　每天晚上都打電話給家人。

11. 私は父（③と）よく散歩します。　我常常和爸爸一起散步。

12. 昨日のパーティー（②で）何をしましたか。　昨天的派對上有做什麼嗎？

13. 車の後ろ（②に）子供がいますよ。　車的後面有小孩喔。

14. 寿司を食べました。それから、すきやき（③も）食べました。
    吃了壽司。然後，也吃了壽喜燒。

15. どの人（④が）先生ですか。　哪個人是老師呢？

146

16. 明日用事がありますから、学校（①を）休みます。

因為明天有事，所以向學校請假。

17. 橋（③を）渡ると、私の家があります。

過橋後就是我家了。

18. 日本（④へ）日本語（②の）勉強（③に）行きました。

為學日文去了日本。

19. 2時（③に）陳さん（③に）会いましょう。　兩點的時候和陳小姐見面吧。

20. ヤンさんは日本語（①で）手紙（①を）書きます。　楊先生用日文寫信。

第九單元 | 接續詞

接續詞是用來表示文與文、段落與段落、句與句、詞與詞等文章構成要素之間關係的一種詞性。

一、順接

（一）そして（而且、然後）

1. 表示並列

例句：

- 学生は　陳さん、田中さん、そして、私です。

  學生有陳同學、田中同學，然後，我。

2. 表示動作的順序

例句：

- 台北へ　行きます。そして、映画を　見ます。

  去台北。然後看電影。

（二）それから（之後、還有）（添加的接續詞）

1. 表示並列

例句：

- 私は　日本の　大阪、京都、それから　奈良へ　行った　ことが　あります。

  我去過日本的大阪、京都、還有奈良。

2. 表示動作的順序

例句：

- 明日は　家で　宿題を　します。それから、友達と　遊びに　行きます。

  明天要在家寫作業。之後，要和朋友去玩。

3. 表示追加

例句：

- ジュースを　買って　きて　ください。それから、パンも　お願いします。

  請買果汁回來。還有，麵包也拜託了。

（三）ですから（原因、理由）

例句：

- 昨日　国から　両親が　来ました。ですから、今日は　会社を　休みます。

  昨天父母從母國來了。所以，今天上班請假。

二、逆接

（一）しかし（但是）

例句：

- 日本語は　面白いです。しかし、とても　難しいです。
  日文很有趣。但是，非常困難。

（二）〜でも（但是、不過）

例句：

- もう　４０歳です。でも、まだ　独身です。
  已經四十歲了。但是，還是單身。

- これは　おいしいです。でも、ちょっと　味が　薄いです。
  這個好吃。不過，味道有點淡。

（三）〜が（但是）

例句：

- 朝と　夜は　寒いですが、昼は　暖かいです。
  早上跟晚上都很冷，但是中午很暖和。

（四）〜けど（但是）

例句：

- 山登りは　楽しいけど、とても　疲れる。　登山很有趣，但是非常累。

> 注意　「でも」、「けど」都是講話的時候使用，「しかし」則使用於文章上，而「が」則是講話及文章上都可以用。其中「でも」、「しかし」用於兩個句子的連結，而「が」、「けど」則用於單句中的轉折。

三、轉換

（一）じゃ（那麼）

例句：

- じゃ、また　明日^{あした}。　那麼，明天見。

（二）では（那麼）

例句：

- 「主人^{しゅじん}は　今^{いま}　お風呂^{ふろ}に　入^{はい}って　います。」
  「丈夫現在正在洗澡。」

  「では、また　あとで　電話^{でんわ}します。」　「那麼，我晚點再來電。」

> 注意　「では」是比「じゃ」更客氣的說法。

● 練習問題

從①～④之中選出正確答案填入（　　　　）裡。

1. もう　7がつです。（　　　　）、まだ　さむいです。

　　①でも　　　　②　そして　　　③　じゃ　　　④　それから

2. おなかが　すきました。（　　　　）、れいぞうこの　なかに　なにも
　　たべるものが　ありません。

　　① じゃ　　　　　② しか　　　　③ そして　　　　④ しかし

3. ひらがなは　かんたんです（　　　　）、かんじは　むずかしいです。

　　① しか　　　　　② そして　　　③ が　　　　　　④ だけ

4. ごご　しゅくだいを　しました。（　　　　）、ともだちに　あいました。

　　① また　　　　　② じゃ　　　　③ しかし　　　　④ それから

5. 「ぶちょうは　もう　かえりましたよ。」

　　「（　　　　　）、そろそろ　わたしも　かえります。」

　　① でも　　　　　② じゃ　　　　③ が　　　　　　④ そして

「練習問題」解答

1	2	3	4	5
①	④	③	④	②

1. もう７月です。（①でも）、まだ寒いです。
　　已經七月了。但是，還很冷。

2. おなかが空きました。（④しかし）、冷蔵庫の中に何も食べるものがあり
　　ません。
　　肚子餓了。但是，冰箱裡什麼吃的東西都沒有。

3. 平仮名は簡単です（③が）、漢字は難しいです。
　　平假名很簡單，但是漢字很難。

4. 午後宿題をしました。（④それから）、友達に会いました。
　　下午寫了作業。然後，和朋友見面了。

5. 「部長はもう帰りましたよ。」 「部長已經回家了喔。」

　　「（②じゃ）、そろそろ私も帰ります。」
　　「那麼，我差不多也該回去了。」

第十單元 ｜ 副詞

　　副詞是用來修飾動詞、形容詞或是其他副詞，藉以表示動作、狀態、程度，說話者的心情。

一、程度・量

　　「程度副詞」擺在「い形容詞」或「な形容詞」的前面，用來表示程度。

（一）とても（非常）

例句：

- 今日（きょう）は　とても　暑（あつ）いです。　　今天非常熱。
- 彼（かれ）は　とても　優（やさ）しい　人（ひと）です。　他是非常溫柔的人。

注意　「とても」表示程度很高的事情，後面接肯定形。

（二）大変（たいへん）（十分）

例句：

- この　問題（もんだい）は　大変（たいへん）　難（むずか）しいです。　這個問題十分困難。
- ここは　大変（たいへん）　静（しず）かな　場所（ばしょ）です。　這裡是十分安靜的地方。

注意　「大変（たいへん）」和「とても」意思相同，但屬於文章體。

（三）だいたい（大概、大致）

- パーティーの　準備は　だいたい　終わりました。
  派對的準備大致結束了。
- ここに　学生が　だいたい　15人くらい　います。
  這裡的學生大概有十五人左右。

（四）少し、ちょっと（稍微）

例句：

- 少し　寒いですね。　　　　　稍微有點冷呢。
- ちょっと　休みませんか。　不稍微休息一下嗎？

注意　「ちょっと」是「少し」的口語，意思相同。

（五）よく（非常、很）

例句：

- 彼は　よく　食べる　人です。　他是很會吃的人。
- 両親は　私に　ついて　よく　分かって　います。
  父母非常了解我的事情。

注意　「よく」用來表示程度，另外也表示頻率。

154

（六）あまり～ない（不太）

例句：

- 今日は あまり 天気が 良く ありません。 今天天氣不太好。
- コーヒーは あまり 好きじゃ ありません。 我不太喜歡咖啡。

注意 「あまり」表示程度不高的事情，後面接否定形。

（七）全然～ない（完全不～）

例句：

- 財布の 中に お金が 全然 ありません。 錢包裡完全沒有錢。
- タイ語が 全然 分かりません。 我完全不了解泰文。

注意 「全然」是頻率副詞，後面接否定形。

注意 **程度的比例**

100％
|
|—よく（經常）
|—だいたい（大致）
|
|
|—すこし（稍微）
|—あまり（不太）
|
0％—全然（完全不）

（八）一番（最）

- スポーツの　中で　何が　一番　好きですか。
  運動之中你最喜歡什麼呢？
- これは　一番　高い　お酒です。　這是最貴的酒。

（九）本当に（真的）

- 今日は　本当に　疲れました。　　　　　　　今天真的很累。
- 昨日は　本当に　ありがとう　ございました。　昨天真的謝謝你。

● 練習問題 1.

請在（　　　）填入①～④之中最適當的詞。

1. いつも　（　　　　）　3じかん　ぐらい　にほんごを　べんきょうして
   います。
   ①　だいたい　②　すこし　　③　ほんとうに　④　もっと

2. かんじが　（　　　）　わかりません。
   ①　たいへん　②　とても　　③　もっと　　④　ぜんぜん

3. この　ふくは　（　　　）　すてきですね。
   ①　ぜんぜん　②　もっと　　③　ほんとうに　④　あまり

4. わたしの　こどもは　（　　　）　ごはんを　たべます。
   ①　いちばん　②　もっと　　③　よく　　　④　あまり

5. この　ほんは　（　　　　）　おもしろいです。

　　①　あまり　　　②　とても　　　③　もっと　　　④　だいたい

二、量

（一）たくさん（很多）

例句：

- 昨日は　たくさん　お酒を　飲みました。　　昨天喝了很多酒。
- 分からない　単語が　たくさん　あります。　不知道的單字有很多。

（二）すこし、ちょっと（一點、有點）

表示數量少。

例句：

- まだ　少し　ごはんが　ありますよ。　　還有一點飯喔。
- 塩味が　ちょっと　足りません。　　　　有點不夠鹹。

注意　「ちょっと」是「すこし」的口語表達，意思相同。

（三）大勢（人數很多）

例句：

- 人が　大勢　集まって　います。　聚集很多人。

- この　学校に　日本人の　学生が　<u>大勢</u>　います。

這個學校有好多日本學生。

注意　「大勢」不是指物體，而是表示人數很多。

（四）全部（全部）

例句：

- この　店の　果物は　<u>全部</u>　新鮮です。　這家店的水果全部都很新鮮。
- これは　<u>全部で</u>　いくらですか。　　這個全部多少錢呢？

注意　「全部」（全部）跟「全部で」（總共）的意思不相同，請多加注意。

（五）あまり～ない（不太）

例句：

- 私は　<u>あまり</u>　お酒を　<u>飲めません</u>。　我不太能喝酒。
- <u>あまり</u>　時間が　ありません。　　不太有時間。

（六）全然～ない（完全沒有～、完全不～）

例句：

- お金が　<u>全然</u>　ありません。　完全沒有錢。
- 私の　子供は　野菜を　<u>全然</u>　食べません。

我的小孩完全不吃蔬菜。

三、預想・判斷

（一）たぶん（大概、應該）

例句：

- 彼は たぶん 来ないと 思います。　我想他大概不會來。
- この 傘は たぶん 陳さんのです。　這把傘應該是陳先生的。

注意 「たぶん」經常會在句末搭配「と思います」（我想～）、「でしょう」（～吧）等表現。

（二）もちろん（當然、一定）

用來表示「肯定」。

例句：

- 「明日の パーティー、行きますか。」　「明天的派對，要去嗎？」
  「もちろん 行きますよ。」　　　　　「當然要去喔。」

● 練習問題 2.

請在（　　　　）填入①～④之中最適當的詞。

1. かわいい こどもが （　　　　） います。
   ① いちばん　② ぜんぶ　　③ おおぜい　④ ぜんぜん

2. からい ものが （　　　　） すきじゃ ありません。
   ① 少し　　　② たくさん　③ たぶん　　④ あまり

3. おかねが　（　　　　）　ほしいです。

①　たくさん　　②　おおぜい　　③　ぜんぜん　　④　よく

4. この　ほんは　（　　　　）　ひらがなです。

①　たくさん　　②　ぜんぶで　　③　ぜんぶ　　④　おおぜい

5. これは　おおきいですから、（　　　　）　たかいと　おもいます。

①　たぶん　　②　おおぜい　　③　あまり　　④　たくさん

四、時間

（一）もう（已經）

例句：

- もう　7時ですね。そろそろ　失礼します。
  已經七點了呀。差不多該告辭了。

- もう　お昼ごはんを　食べましたか。　已經吃過午餐了嗎？

（二）まだ（還沒）

例句：

- 会議は　まだです。　會議還沒開始。

- 「もう　コピーが　できましたか。」　「已經影印好了嗎？」

  「すみません、まだです。」　　　　　　「不好意思，還沒。」

注意　請小心不要跟「また」（又、再次）搞混。

160

（三）だんだん（漸漸）

- 料理が　だんだん　上手に　なりました。　做菜漸漸上手了。
- これから　だんだん　暑く　なります。　接下來會漸漸變熱。

注意　「だんだん」後面會接逐漸變化的句子。

（四）すぐ（馬上）

例句：

- すぐ　来て　ください。　請馬上過來。
- すぐ　調べます。　　　　馬上調查。

（五）ゆっくり（慢慢）

例句：

- ゆっくり　歩きます。　　　　　　　　　　　　　慢慢走。
- どうぞ、ゆっくり　お風呂に　入って　ください。　請慢慢泡澡。

（六）最近（最近）

例句：

- 最近　とても　忙しいです。　最近非常忙。
- 最近　久しぶりに　映画を　見に　行きました。

  最近久違地去看了電影。

注意　「最近」含有過去到現在的意思，所以不能跟表示未來的詞彙一起使用。

（七）そろそろ（差不多）

| 例句：

- そろそろ 帰^{かえ}ります。　　差不多該回去了。
- そろそろ 始^{はじ}めましょう。　差不多該開始了。

● 練習問題 3.

請在（　　　）填入①～④之中最適當的詞。

1. A：もう　しゅくだいが　おわりましたか。

　 B：いいえ、（　　　　）です。

　 ①　もう　　　②　まだ　　　③　あとで　　　④　すぐ

2. つかれましたから、（　　　）　あるいても　いいですか。

　 ①　そろそろ　②　あとで　　③　ゆっくり　④　もう

3. （　　　　）　そとが　くらく　なりましたよ。

　 ①　あとで　　②　もう　　　③　まだ　　　④　だんだん

4. （　　　　）　かえりましょうか。

　 ①　だんだん　②　さいきん　③　たぶん　　④　そろそろ

5. いま　かいぎですから、（　　　）　でんわを　ください。

　 ①　そろそろ　②　だんだん　③　まだ　　　④　あとで

五、頻率

（一）よく（時常）

例句：

- <u>よく</u> 運動_{うんどう}しますか。　　　　常常運動嗎？
- <u>よく</u> お菓子_{かし}を 作_{つく}ります。　常常做點心。

注意　「よく」有兩種意思，表示程度的「よく」（非常、很），跟頻率的「よく」（常常）。

（二）初_{はじ}めて（第一次）

例句：

- <u>初_{はじ}めて</u> 1人_{ひとり}で 旅行_{りょこう}しました。　　　　第一次一個人去旅行了。
- <u>初_{はじ}めて</u> 日本_{にほん}の 温泉_{おんせん}に 入_{はい}りました。　第一次泡了日本的溫泉。

注意　「初_{はじ}め」跟「初_{はじ}めて」的意思不同，「初_{はじ}め」是「開始」，而「初_{はじ}めて」是「第一次」。

（三）もう（再）

例句：

- <u>もう</u> 1杯_{いっぱい} 水_{みず}を ください。　請再給我一杯水。
- <u>もう</u> 1回_{いっかい} 説明_{せつめい}しましょう。　再說明一次吧。

注意　「もう」有兩種意思，一種是表示時間的「已經」，一種是表示累加的「再」。

（四）また（又、再次）

例句：

- <u>また</u>　来年（らいねん）　日本（にほん）へ　行（い）きたいです。　明年還想再去日本。
- <u>また</u>　宿題（しゅくだい）を　忘（わす）れました。　　　　又忘記作業了。

注意　小心不要跟「まだ」（還沒）搞混了。

（五）たいてい（大部分、幾乎）

例句：

- 週末（しゅうまつ）は　<u>たいてい</u>　友達（ともだち）と　遊（あそ）びに　行（い）きます。
  週末大部分都跟朋友出去玩。

- ごはんは　<u>たいてい</u>　父（ちち）が　作（つく）ります。　幾乎都是爸爸在煮飯。

（六）いつも（一直、總是）

例句：

- <u>いつも</u>　日本語（にほんご）の　CDを　聞（き）きます。　總是聽日文的CD。
- 忙（いそが）しいですから、<u>いつも</u>　朝（あさ）ごはんを　食（た）べません。
  因為很忙，總是沒吃早餐。

（七）ときどき（偶爾）

例句：

- <u>ときどき</u>　レストランで　ごはんを　食（た）べます。　有時候在餐廳吃飯。

• <u>ときどき</u>　家族<ruby>か<rt></rt></ruby><ruby>ぞく<rt></rt></ruby>を　思<ruby>おも<rt></rt></ruby>い出<ruby>だ<rt></rt></ruby>します。　有時候會想起家人。

注意　頻率的比例

↑100%
• いつも　　　　　總是
• たいてい　　　　大部分
• よく　　　　　　常常
• ときどき　　　　偶爾
• 全然<ruby>ぜんぜん<rt></rt></ruby>〜ない　　完全沒有

↓0%

● 練習問題 4.

請在（　　　　　）填入①〜④之中最適當的詞。

1. あさは　（　　　　　）　ごはんを　たべません。
　　① たいてい　　② はじめて　　③ とても　　　④ そろそろ

2. （　　　　　）　ともだちと　りょこうに　いきます。
　　① すこし　　　② ときどき　　③ たいへん　　④ ぜんぜん

3. あの　レストランへ　（　　　　　）　いきたいです。
　　① もう　　　　② また　　　　③ まだ　　　　④ まず

4. せんしゅう　（　　　　　）　にほんりょうりを　つくりました。
　　① いつも　　　② おおぜい　　③ はじめて　　④ ぜんぶで

5. うたが　すきですから、（　　　　　）　カラオケに　いきます。
　　① いつも　　　② そろそろ　　③ もう　　　　④ ゆっくり

六、順序

（一）これから（接下來）

例句：

- <u>これから</u>　出^でかけます。　　　接下來要出門。
- <u>これから</u>　何^{なに}を　しますか。　接下來要做什麼呢？

（二）まず（首先）

例句：

- <u>まず</u>　私^{わたし}から　発表^{はっぴょう}します。　　　　　　首先從我開始發表。
- <u>まず</u>　この　ボタンを　押^おして　ください。　首先請按這個按鈕。

（三）次^{つぎ}に（接著、下一個）

例句：

- <u>次^{つぎ}に</u>　何^{なに}か　しますか。　　　　　接著做些什麼吧？
- <u>次^{つぎ}に</u>　ここへ　行^いきましょう。　下一個去這裡吧。

（四）あとで（等一會兒）

例句：

- <u>あとで</u>　行^いきますから、先^{さき}に　行^いって　ください。
  我等一會兒就去，請你先去。
- <u>あとで</u>　連絡^{れんらく}しますね。　等一會兒連絡喔。

注意 「あと」（之後）與「あとで」（等一會兒）的意思不同，使用時請注意。

七、單位

（一）全部で（總共）

例句：

- 学生は　全部で　３０人です。　　學生總共三十個人。
- 全部で　３５００円です。　　　　　總共是三千五百日圓。

（二）みんなで（大家一起）

例句：

- みんなで　話し合いましょう。　　　大家一起聊天吧。
- 家族　みんなで　旅行に　行きたいです。　想跟家人一起去旅行。

（三）1人で（一個人）

例句：

- 1人で　東京に　住んで　います。　一個人住在東京。
- 1人で　歩いて　学校へ　行きます。　一個人走路到學校。

（四）一緒に（一起）

例句：

- 一緒に　図書館で　勉強しませんか。　　要不要一起去圖書館唸書呢？
- いつも　子供と　一緒に　寝て　います。　總是跟小孩一起睡。

八、狀態

（一）まっすぐ（直直地）

例句：

- この　線を　まっすぐ　切って　ください。　請沿著這條線直直地剪。
- ここを　まっすぐ　行きます。　　　　　　沿著這裡直直走。

（二）ゆっくり（好好地、慢慢地）

例句：

- 休みの　日は　ゆっくり　休みたいです。　假日想好好地休息。
- どうぞ　ゆっくり　して　ください。　　　請慢慢來。

（三）ちょうど（剛好、正好）

例句：

- 今　ちょうど　会議が　終わりました。　　現在剛好會議結束了。
- この　服は　私に　ちょうど　いいです。　這件衣服對我剛剛好。

（四）早はやく・速はやく（早點、盡快）

例句：

- 明日あした 早はやく 起おきなければ なりません。　明天非早起不可。
- 速はやく 歩あるいて ください。　　　　　　　請快走。

九、比較

（一）もっと（更加、再）

例句：

- これから もっと 寒さむく なります。　接下來會變得更冷。
- もっと ゆっくり 話はなして ください。　請再講慢一點。

● 練習問題 5.

請在（　　　　）填入①～④之中最適當的詞。

1. はじめて （　　　　） かいがいへ いきました。

　　① ゆっくり　② ぜんぶで　③ これから　④ ひとりで

2. ちょっと ここで おちゃを のみながら （　　　） やすみませんか。

　　① はやく　　② まっすぐ　③ ゆっくり　④ みんなで

3. （　　　　） この ボタンを おします。それから、ここに

　　カードを いれて ください。

　　① ちょうど　② まず　　　③ これから　④ まっすぐ

4. この　へやは　（　　　　）　つかいますから、かぎを　しめないで
ください。

　　① まっすぐ　　② ちょうど　　③ これから　　④ ぜんぶで

5. 「いま　なんじですか。」「（　　　　）　12時ですよ。」

　　① つぎ　　　　② ちょうど　　③ まず　　　　④ はやく

十、やってみよう

請在（　　　　　　）填入①～④之中最適當的詞。

1. いま　（　　　　　）　ごはんを　たべて　います。

　　① はやく　　　② まっすぐ　　③ よく　　　　④ ちょうど

2. すみません、（　　　　）　せつめいして　ください。

　　① だんだん　　② まっすぐ　　③ ゆっくり　　④ ちょうど

3. フランスごが　（　　　　）　わかります。

　　① だんだん　　② すぐ　　　　③ だいたい　　④ たいてい

4. きのうは　（　　　　）　さむかったです。

　　① たぶん　　　　　　　　② ほんとうに

　　③ よく　　　　　　　　　④ あまり

5. （　　　　）　やすみの　ひが　ほしいです。

　　① ちょうど　　② もう　　　　③ もっと　　　④ たいてい

6. もう　3じですよ。（　　　　）　しけんを　はじめましょうか。

　　① もっと　　　② たぶん　　　③ そろそろ　　④ もちろん

7. 陳さんは　（　　　　）　おくれると　おもいます。

① たいてい　　② たぶん　　　③ まだ　　　　④ そろそろ

8. あそこの　ケーキは　おいしいですから、（　　　　）　たべたいです。

① また　　　　② きっと　　　③ まだ　　　　④ もう

9. バスは　（　　　　）　きて　いません。

① ぜんぜん　　② もう　　　　③ まだ　　　　④ また

10. じかんが　ありませんから、（　　　　）　シャワーを　あびます。

① あとで　　　② すぐ　　　　③ ゆっくり　　④ まだ

11. もう　はるですね。これから　（　　　　）　あつく　なりますね。

① だんだん　　② たくさん　　③ よく　　　　④ おおぜい

12. この　かしゅは　ゆうめいですから、コンサートの　かいじょうに

（　　　　）の　ひとが　みに　きて　います。

① おおぜい　　② もちろん　　③ いちばん　　④ もっと

13. この　みちを　（　　　　）　いって　ください。

① だんだん　　② まっすぐ　　③ だいたい　　④ よく

14. べんきょうは　（　　　　）　すきでは　ありません。

① あまり　　　② ときどき　　③ とても　　　④ よく

15. （　　　　）　この　えいがを　みましたか。

① いつも　　　② もう　　　　③ よく　　　　④ たいてい

「練習問題」解答

練習問題 1.

1	2	3	4	5
①	④	③	③	②

1. いつも（①だいたい）3時間ぐらい日本語を勉強しています。
   總是大概讀三個小時左右的日文。

2. 漢字が（④全然）分かりません。 完全不懂漢字。

3. この服は（③本当に）素敵ですね。 這件衣服真的很漂亮呢。

4. 私の子供は（③よく）ごはんを食べます。 我的孩子很會吃飯。

5. この本は（②とても）面白いです。 這本書非常有趣。

練習問題 2.

1	2	3	4	5
③	④	①	③	①

1. かわいい子供が（③大勢）います。 有很多可愛的小孩。

2. 辛い物が（④あまり）好きじゃありません。 不太喜歡辣的東西。

3. お金が（①たくさん）ほしいです。 想要很多錢。

4. この本は（③全部）平仮名です。 這本書全部都是平假名。

5. これは大きいですから、（①たぶん）高いと思います。
   因為這個很大，應該很貴吧。

練習問題 3.

1	2	3	4	5
②	③	②	④	④

1. A：もう宿題が終わりましたか。 A：已經做完作業了嗎？

   B：いいえ、（②まだ）です。 B：不，還沒。

2. 疲れましたから、（③ゆっくり）歩いてもいいですか。
   因為很累，可以慢慢走嗎？

3. （②もう）外が暗くなりましたよ。　外面已經變暗了喔。

4. （④そろそろ）帰りましょうか。　差不多該回去了吧。

5. 今会議ですから、（④あとで）電話をください。
   因為現在在開會，請之後再來電。

練習問題 4.

1	2	3	4	5
①	②	②	③	①

1. 朝は（①たいてい）ごはんを食べません。　早上大部分都不吃早餐。

2. （②ときどき）友達と旅行に行きます。　偶爾會和朋友一起旅行。

3. あのレストランへ（②また）行きたいです。　還想要再去那家餐廳。

4. 先週（③初めて）日本料理を作りました。　上週第一次做了日本料理。

5. 歌が好きですから、（①いつも）カラオケに行きます。
   因為喜歡唱歌，總是去卡拉OK。

練習問題 5.

1	2	3	4	5
④	③	②	③	②

1. 初めて（④1人）で海外へ行きました。　第一次一個人出國了。

2. ちょっとここでお茶を飲みながら（③ゆっくり）しませんか。
   要不要稍微在這裡一邊喝茶一邊好好放鬆呢？

3. （②まず）このボタンを押します。それから、ここにカードを入れてください。
   首先按下這個按鈕。然後，把卡片放入這邊。

4. この部屋は（③これから）使いますから、鍵を閉めないでください。
   因為接下來要使用這個房間，請不要鎖。

5. 「今何時ですか。」 「現在幾點呢？」

　　「（②ちょうど）１２時ですよ。」 「剛剛好十二點喔。」

「やってみよう」解答

1	2	3	4	5	6	7	8	9	10
④	③	③	②	③	③	②	①	③	①

11	12	13	14	15
①	①	②	①	②

1. 今（④ちょうど）ごはんを食べています。　現在剛好正在吃飯。

　　説明：句中的「今」為關鍵字，強調「正好、正在」的「ちょうど」最為適切。

2. すみません、（③ゆっくり）説明してください。
　　不好意思，請慢慢地説明。

　　説明：「ゆっくり」有「好好地、詳細地」的意思。

3. フランス語は（③だいたい）分かります。　法文大致上能懂。

　　説明：「だいたい」表示「大致上、大概」的意思，在句中比較適切。「だんだん」後面應接逐漸變化的事物來表現。

4. 昨日は（②本当に）寒かったです。　昨天真的很冷。

　　説明：四個選項中，「本当に」表示「真的、確實」，強調後面的「寒冷」。「あまり」後面應接否定形。「よく」後面不會接形容詞。「たぶん」後面應接推測或不確定的事物。

5. （③もっと）休みの日がほしいです。　想要更多的休假。

　　説明：「もっと」表示「更加地」的意思。

6. もう３時ですよ。（③そろそろ）試験を始めましょうか。
　　已經三點了喔。差不多該開始考試了吧？

　　説明：「そろそろ」表示「差不多、應該要」的意思。

7. 陳さんは（②たぶん）遅れると思います。 我想陳先生大概會遲到。

　説明：這裡的「と思います」表示推測的意思，因此選擇「たぶん」（大概）比
　　　　較恰當。

8. あそこのケーキはおいしいですから、（①また）食べたいです。
　因為那邊的蛋糕很好吃，還想再吃。

　説明：「また」（又、再次）與「まだ」（尚未）因長得有點相似，而容易被混
　　　　淆，請小心注意。「まだ」表示「還沒」的意思。

9. バスは（③まだ）来ていません。 公車還沒來。

10. 時間がありませんから、（①後で）シャワーを浴びます。
　因為沒有時間了，所以等一會兒再去洗澡。

11. もう春ですね。これから（①だんだん）暑くなりますね。
　已經春天了呢。接下來會漸漸變熱呢。

12. この歌手は有名ですから、コンサートの会場に（①大勢）の人が見に来て
　います。
　因為這位歌手很有名，所以演唱會的會場有很多人來看。

13. この道を（②まっすぐ）行ってください。 請沿著這條路育直走。

14. 勉強は（①あまり）好きではありません。 不太喜歡讀書。

15.（②もう）この映画を見ましたか。 已經看這部電影了嗎？

第十一單元 | 挨拶（招呼用語）

一、初次見面

例句：

- 初（はじ）めまして。　　　　　　　　　　　　　初次見面。

- どうぞ　よろしく　お願（ねが）いします。　請多多指教。

- こちらこそ。　　　　　　　　　　　　　　　彼此彼此。

注意①　「どうぞ　よろしく　お願（ねが）いします。」的意思是「請多多指教。」，常用作自我介紹的結尾。

$\left\{\begin{array}{l}\text{「よろしく。」}\\\text{「どうぞ　よろしく。」}\\\text{「よろしく　お願（ねが）いします。」}\\\text{「どうぞ　よろしく　お願（ねが）いします。」}\end{array}\right.$
　　　　口語用法
　　　　↓
　　　　敬語用法

注意②　「よろしく　お願（ねが）いします。」有許多用法，除了上述以外，還有二種不同的用法表現。

（1）表示今後請多多關照。

- 今日（きょう）から　ここで　お世話（せわ）に　なります。どうぞ　よろしく　お願（ねが）いします。
  從今天開始，在這裡要承蒙您照顧了。請多多指教。

（2）表示麻煩對方的拜託表現。

A：「どう　しましたか。」　　　　　　　　A：「怎麼了嗎？」
B：「それが、携帯電話（けいたいでんわ）が　ありません。」　　B：「那個，手機不見了。」
A：「そうですか。じゃ、後（あと）で　見（み）つかりましたら、連絡（れんらく）しますね。」
A：「這樣啊。那麼，之後找到的話，再聯絡你喔！」
B：「はい、よろしく　お願（ねが）いします。」　B：「好的，拜託你了。」

二、見到人時

例句：

- おはよう　ございます。　早安。
- こんにちは。　　　　　　午安。
- こんばんは。　　　　　　晚上好。

三、見到很久沒見的人

例句：

- お久しぶりです。　好久不見。
- お元気ですか。　　你好嗎？
- おかげさまで。　　托您的福。

四、與人分開時

例句：

- さようなら。　　　　再見。
- どうぞ　お元気で。　請多保重。

注意　「どうぞ　お元気で」使用的對象，為即將有一陣子不會再見到面的人。

五、晚上與人道別或者睡前時

例句：

- お休みなさい。　晚安。

注意　和他人分開時，如果時間是在睡覺前以及晚上，不會說「さようなら」（再見），而是要說「おやすみなさい」（晚安）。使用「なさい」為禮貌用法。

六、道謝

例句：

- どうも。　　　　　　　　　　　　謝謝。
- ありがとう　ございます。　　　謝謝您。
- いいえ、どう　いたしまして。　不客氣。
- すみません。　　　　　　　　　　對不起；謝謝。

注意①　「どうも」的禮貌程度比「ありがとう」低一些，使用「ございます」為禮貌用法。「どうも」是「どうも　ありがとう」的簡化表現，用於表達輕微感謝之心，因為禮貌程度比較低，所以與身分地位較高的人對話時，應避免使用。

注意②　「すみません」也用來表達「感謝之意」。

七、用餐時

例句：

- おなかが　すきました。　　　肚子餓了。
- いただきます。　　　　　　　　開動。
- ごちそうさまでした。　　　　謝謝招待。
- おなかが　いっぱいです。　肚子好飽。

注意　用「ごちそうさまでした」會比用「ごちそうさま」更有禮貌。

八、外出時

例句：

- 行って　きます。　　　我出門了。
- 行って　らっしゃい。　路上小心。

九、回家時

例句：

- ただいま。　　　　我回來了。
- お帰_{かえ}りなさい。　歡迎回來。

注意　使用「お帰_{かえ}りなさい」會比「お帰_{かえ}り」更有禮貌。

十、拜訪他人時

例句：

- お邪魔_{じゃま}します。　　　　　　打擾了。
- いらっしゃい。　　　　　　　歡迎。
- どうぞ（お上_{あが}りください）。　請（進來）。

十一、對生病的人

例句：

- お大事_{だいじ}に。　保重。

十二、道歉

例句：

- ごめんなさい。　不好意思。
- すみません。　　對不起。（「すみません」比「ごめんなさい」更有禮貌）
- 失礼_{しつれい}しました。　失禮了。

注意

1.「ごめんなさい」用於對朋友、家人、親密的人。

2.「すみません」則用於對不親、不熟的對象或是長輩。

3.禮貌程度：

「失礼_{しつれい}しました」（失禮了）＞「すみません」（對不起）＞「ごめんなさい」（不好意思）

十三、拜託他人時

- お願いします。　拜託您了。
  _{ねが}

另外還有一個表現方式「名詞を　ください。」（請～。）也一樣可以用來拜託他人。

- カレーライスを　一つ　お願いします。　請給我一份咖哩飯。
  = カレーライスを　一つ　ください。

十四、進入室內時・離開時

- 失礼します。　　　　　　打擾了（進入室內時）。
  _{しつれい}
- 失礼しました。　　　　　失禮了；告辭了。
  _{しつれい}
- お先に　失礼します。　　我先告辭了。
  _{さき}　_{しつれい}
- そろそろ　失礼します。　差不多該告辭了。
  _{しつれい}

十五、祝賀時

- おめでとう　ございます。　恭喜。

使用「ございます」為禮貌用法。

十六、推薦・勸告

- どうですか。　　如何呢？
- どうぞ。　　　　請。
- いかがですか。　如何呢？

十七、呼喚人時

例句：

• すみません。　不好意思。

注意 ① 因為日文中沒有先生、小姐的差別，所以，對不認識的人開口時，應先說「すみません」（對不起）。

注意 ② 「すみません」、「失礼します」、「どうぞ」等都有多種意思，要多注意。

例句：

• 学生A：「すみません、お名前は？」　　學生A：「對不起，請問你貴姓大名？」
王：「王です。」　　　　　　　　　　王同學：「我姓王。」

 練習問題

請看下圖，並從選項中選出適當的對話填入括弧中。

例句：彼此彼此。　（　k　）

1. 恭喜。　　（　　　　）　　6. 開動。　　（　　　　）

2. 我回來了。（　　　　）　　7. 早安。　　（　　　　）

3. 保重。　　（　　　　）　　8. 托您的福。（　　　　）

4. 打擾了。　（　　　　）　　9. 不好意思。（　　　　）

5. 肚子餓。　（　　　　）　　10. 我出門了。（　　　　）

a ありがとうございます。

 b 行ってきます。

 c おはようございます。

 d おめでとう。

e おかげさまで。

 f おじゃまします。

 g すみません。

 h 行ってらっしゃい。

 i ただいま。

 j お大事に。

 k こちらこそ。

 l こんばんは。

 m いただきます。

 o どういたしまして。

 p おなかがすきました。

「練習問題」解答

1	2	3	4	5
d	i	j	f	p
6	7	8	9	10
m	c	e	g	b

翻譯

a 謝謝。 b 我出門了。 c 早安。 d 恭喜。 e 托您的福。 f 打擾了。

g 不好意思。 h 路上小心。 i 我回來了。 j 請保重。 k 彼此彼此。

l 晚上好。 m 開動。 o 不客氣。 p 肚子餓了。

Part
2

句型

將句型以目的、功用分類成二十個單元，如「比較」、「希望」、「依賴」……等等，再逐一列舉基本句型及常見用法，統整式的學習，有助於文法句型融會貫通。

一、「～に　～が　あります・います」、「～は　～に　あります・います」

意思：表示人、物品、動物所存在的場所。

接續：（一）場所　に　無生命　が　あります。

　　　（二）場所　に　有生命　が　います。

　　　（三）無生命　は　場所　に　あります。

　　　（四）有生命　は　場所　に　います。

四種接續，説明如下：

（一）

接續：場所＋に＋無生命（物品・植物）＋が　あります。

例句：

- 教室<ruby>きょうしつ</ruby>に　机<ruby>つくえ</ruby>が　あります。　　　　　教室裡有桌子。

- 庭<ruby>にわ</ruby>に　花<ruby>はな</ruby>が　あります。　　　　　　　　庭院有花。

- 「机<ruby>つくえ</ruby>の　上<ruby>うえ</ruby>に　何<ruby>なに</ruby>が　ありますか。」　「桌上有什麼呢？」

　「ノートや　ペンなどが　あります。」　「有筆記本或筆等等。」

（二）

接續：場所＋に＋有生命（人・動物・蟲）＋が　います。

例句：

- 教室に　先生が　います。　　　　　教室裡有老師。
- 池に　魚が　います。　　　　　　池塘裡有魚。
- 家に　猫が　います。　　　　　　家裡有貓。
- 「教室に　誰が　いますか。」　　「有誰在教室呢？」
  「先生が　います。」　　　　　「老師在教室。」

（三）

接續：有生命（人・動物・蟲）＋は＋場所＋に　います。

例句：

- 陳さんは　事務所に　います。　　　　陳先生在辦公室。
- 犬は　家の　外に　います。　　　　　狗在家門外。
- 「先生は　どこに　いますか。」　　　「老師在哪裡呢？」
  「教室に　います。」　　　　　　　「在教室。」
- 「陳さんの　猫は　どこに　いますか。」　「陳先生的貓在哪裡呢？」
  「ソファーの　上に　いますよ。」　　　「在沙發上面喔。」

（四）

接續：無生命（物品・植物）＋は＋場所＋に　あります。

例句：

- 財布（さいふ）は　かばんの　中（なか）に　あります。　　包包裡面有錢包。
- 白（しろ）い　バラは　この　花屋（はなや）に　ありません。　花店沒有白玫瑰花。
- 「電話（でんわ）は　どこに　ありますか。」　　「哪裡有電話呢？」

  「あそこに　あります。」　　「那邊有。」

注意

1. 存在動詞「います」、「あります」的差異

「います」：表示有生命的存在，例如人、動物、昆蟲……等。

「あります」：表示無生命的東西的存在，例如：物品、植物……等。雖然植物有生命，

但是因為不會動、看起來和無生命的東西一樣，因此使用「あります」。

2. 助詞：「に」、「が」、「は」的用法

「に」：存在的場所

「が」：主體

「は」：話題

3. 「何（なに）か」（有沒有什麼）、「誰（だれ）か」（有沒有誰）的用法

當不知道物品、人、動物是否存在的時候使用。因為這些不是疑問詞，所以答案以「はい」（是）或「いいえ」（不是）來回答存在的有無。

例句：

- 「その　箱（はこ）の　中（なか）に　何（なに）か　ありますか。」　「那個箱子裡有什麼嗎？」

  「はい、鉛筆（えんぴつ）が　あります。」　　「是的，有鉛筆。」
- 「教室（きょうしつ）に　誰（だれ）か　いますか。」　　「教室裡有誰在嗎？」

  「いいえ、誰（だれ）も　いません。」　　「不，誰都不在。」

4.「疑問詞＋も＋否定」的用法

　　答案是否定的時候，以「何もありません」（什麼都沒有；表無生命）、「誰もいません」（誰都不在）、「何もいません」（什麼都沒有；表有生命）來回答。

<blockquote>例句：</blockquote>

- 「冷蔵庫に　何か　ありますか。」　　「冰箱裡有什麼呢？」

　「はい、ジュースが　ありますよ。」　「裡面有果汁喔。」

- 「かばんに　何か　ありますか。」　　「包包裡有什麼呢？」

　「いいえ、何も　ありません。」　　「什麼都沒有。」

- 「家に　誰か　いますか。」　　　　「有誰在家呢？」

　「いいえ、誰も　いません。」　　　「誰都不在。」

- 「庭に　何か　いますか。」　　　　「庭院裡有什麼呢？」

　「いいえ、何も　いません。」　　　「什麼都沒有。」

二、やってみよう

● 問題 1.

從①～④之中選出正確答案填入（　　　）裡。

1. はこの　なか（　　　）　かぎが　あります。

　　① に　　　　　② が　　　　　③ は　　　　　④ も

2. 「きょうしつに　だれ（　　　）　いますか。」

　「はい、せんせいが　いますよ。」

　　① か　　　　　② が　　　　　③ は　　　　　④ に

3. 「かばんの　なかに　なにが　ありますか。」

　　「なに（　　　　）　ありません。」

　　① に　　　　　② が　　　　　③ は　　　　　④ も

4. 「おかあさん（　　　　）　どこですか。」

　　「だいどころに　います。」

　　① に　　　　　② が　　　　　③ は　　　　　④ も

5. ほんやは　はなやと　ゆうびんきょくの　あいだ（　　　　）
　　あります。

　　① に　　　　　② が　　　　　③ は　　　　　④ も

6. 「じむしょに　（　　　　）が　いますか。」

　　「だれも　いません。」

　　① だれ　　　　② どこ　　　　③ なに　　　　④ どれ

7. 「ここに　（　　　　）　いますか。」

　　「ちいさい　さかなが　いますよ。」

　　① だれか　　　② だれが　　　③ なにか　　　④ なにが

8. 「新ちゃんは　（　　　　）に　いますか。」

　　「へやに　いますよ。」

　　① どの　　　　② なに　　　　③ どこ　　　　④ だれ

從①～④之中選出正確答案填入（　　　　）裡。

　わたしの　へやに　つくえや　いすや　ベッド（　A　）　あります。テレビは　（　B　）。でも、わたしは　おんがくが　すきですから、へやに　おおきい　CDプレーヤーが　あります。たなの　うえに　CDが　（　C　）あります。ひる　となりの　いえに　（　D　）　いません。（　E　）、おおきい　おとで　CDを　ききます。とても　きもちが　いいです。

A.　①　に　　　　　②　か　　　　③　が　　　　④　は

B.　①　います　　　②　いません　③　あります　④　ありません

C.　①　たくさん　　②　あまり　　③　とても　　④　すこし

D.　①　だれか　　　②　だれが　　③　だれも　　④　だれ

E.　①　それから　　②　しかし　　③　それでは　④　ですから

「やってみよう」解答

問題 1.

1	2	3	4	5	6	7	8
①	①	④	③	①	①	④	③

1. 箱の中（①に）鍵があります。　箱子裡有鑰匙。

2. 「教室に誰（①か）いますか。」　「教室裡有誰在嗎？」

　　「はい、先生がいますよ。」　「是的，老師在喔。」

3. 「かばんの中に何がありますか。」　「包包裡面有什麼東西呢？」

　　「何（④も）ありません。」　「什麼都沒有。」

4. 「お母<ruby>母<rt>かあ</rt></ruby>さん（③は）どこですか。」 「媽媽在哪裡呢？」

　　「<ruby>台所<rt>だいどころ</rt></ruby>にいます。」 「在廚房。」

5. <ruby>本屋<rt>ほんや</rt></ruby>は<ruby>花屋<rt>はなや</rt></ruby>と<ruby>郵便局<rt>ゆうびんきょく</rt></ruby>の<ruby>間<rt>あいだ</rt></ruby>（①に）あります。 書店在花店和郵局的中間。

6. 「<ruby>事務所<rt>じむしょ</rt></ruby>に（①<ruby>誰<rt>だれ</rt></ruby>）がいますか。」 「辦公室裡有誰在呢？」

　　「<ruby>誰<rt>だれ</rt></ruby>もいません。」 「誰都不在。」

7. 「ここに（④<ruby>何<rt>なに</rt></ruby>が）いますか。」 「這裡有什麼呢？」

　　「<ruby>小<rt>ちい</rt></ruby>さい<ruby>魚<rt>さかな</rt></ruby>がいますよ。」 「有小魚喔。」

8. 「<ruby>新<rt>しん</rt></ruby>ちゃんは（③どこ）にいますか。」 「小新在哪裡呢？」

　　「<ruby>部屋<rt>へや</rt></ruby>にいますよ。」 「在房間喔。」

讀解問題

1	2	3	4	5
③	④	①	③	④

　　<ruby>私<rt>わたし</rt></ruby>の<ruby>部屋<rt>へや</rt></ruby>に<ruby>机<rt>つくえ</rt></ruby>や<ruby>椅子<rt>いす</rt></ruby>やベッド（A.③が）あります。テレビは（B.④ありません）。でも、<ruby>私<rt>わたし</rt></ruby>は<ruby>音楽<rt>おんがく</rt></ruby>が好きですから、<ruby>部屋<rt>へや</rt></ruby>に<ruby>大<rt>おお</rt></ruby>きいCDプレイヤーがあります。<ruby>棚<rt>たな</rt></ruby>の<ruby>上<rt>うえ</rt></ruby>にCDが（C.①たくさん）あります。<ruby>昼<rt>ひる</rt></ruby>、<ruby>隣<rt>となり</rt></ruby>の<ruby>家<rt>いえ</rt></ruby>に（D.③<ruby>誰<rt>だれ</rt></ruby>も）いません。（E.④ですから）、いつも<ruby>大<rt>おお</rt></ruby>きい<ruby>音<rt>おと</rt></ruby>で<ruby>音楽<rt>おんがく</rt></ruby>を<ruby>聞<rt>き</rt></ruby>きます。とても<ruby>気持<rt>きも</rt></ruby>ちがいいです。

　　我的房間裡有桌子、椅子、床。沒有電視。但是因為我喜歡音樂，房間裡面有一台大的CD播放器。架子上有很多CD。中午，隔壁的家裡誰也不在，所以總是很大聲聽音樂。感覺非常好。

第二單元　勸誘、移動目的

一、勸誘

（一）～ませんか。

意思：要不要～。

説明：「ません」是動詞的否定形，但沒有否定的意思。「～ませんか」表
　　　示「勸説、邀請、建議」，經常會與「一緒に」（一起）搭配使用。

接續：動詞（ます形）＋ませんか。

　　　見ます → 見ませんか

例句：

- 一緒に　昼ごはんを　食べませんか。　要不要一起吃午餐呢？
- 明日　映画を　見ませんか。　　　　　明天要不要看電影？
- 日曜日　一緒に　図書館で　勉強しませんか。
　星期日要不要一起在圖書館讀書呢？

（二）～ましょう。

意思：～吧！

説明：是積極地邀請、提議的一種表現。對於「～ませんか」的邀約，亦可
　　　使用「～ましょう」來回覆。

接續：動詞（ます形）＋ましょう。

　　　休み → 休みましょう

- 「この　ケーキ、一緒に　食べましょう。」

  「一起吃這個蛋糕吧！」

  「ええ、いいですね。」 「嗯，好啊！」

- 「午後　テニスを　しませんか。」 「下午要不要一起打網球呢？」

  「ええ、しましょう。」 「嗯，一起去打吧！」

- 「ここで　休みませんか。」 「要不要在這邊休息呢？」

  「いいですよ。休みましょう。」 「好呀！休息吧！」

> 注意 「Vましょう」與「Vませんか」
>
> 　「Vましょう」是聽話者和說話者有相同意願的前提下，說話者單方面表現自己心意的表現，所以是稍屬強烈誘導的表現。另一方面，「Vませんか」基本上是詢問對方意願的表現，所以比起「Vましょう」，「Vませんか」給予別人更客氣的印象。

● 練習問題 1.

問題 1.

將提示的動詞接上「～ませんか」或「～ましょう」完成對話。

1. A：「あした　デパートへ　（　　　　）。」（いきます）

   B：「ええ、（　　　　）」（いきます）

2. A：「いっしょに　えいがを　（　　　　）。」（みます）

   B：「ええ、そう（　　　　）」（します）

3. A：「あした　いっしょに　こうえんで　はなみを　（　　　　）。」
   （します）

   B：「いいですね。」

A：「じゃ、11じに　東京<ruby>東京<rt>とうきょう</rt></ruby>えきの　まえで　（　　　　）。」

（あいます）

B：「わかりました。」

問題2.

從①〜④之中選出正確答案填入（　　　　）裡。

1. A：「にちようび　いっしょに　えいがを　（　　　　）。」

B：「いいですね。」

① みました ② みませんか

③ みて　ください ④ みるでしょうか

2. あした　わたしの　うちへ　（　　　　）か。

① きて　ください ② きました

③ きません ④ きましょう

3. A：「ちょっと　やすみましょう。」 B：「ええ、（　　　　）。」

① やすみました ② そうでしょう

③ やすみません ④ そうしましょう

問題3.

將選項①〜④組成句子，並選擇一個放入★的最佳答案。

1. _____ _____ ★ _____ か。

① おちゃ ② ません ③ のみ ④ でも

2. つかれましたから、ここ _____ ★ _____ 。

① ちょっと ② やすみ ③ で ④ ましょう

3. _____ ★ _____ _____ 。

① しゃしんを ② いっしょに ③ か ④ とりません

二、移動の目的：「〜へ　〜に　行きます。」

意思：為了某個目的而前往某個地點。

接續：場所名詞＋へ＋目的動詞＋に＋移動動詞
　　　　　　　　　　　目的名詞

> 注意　助詞「に」表示移動的目的。

（一）動詞

　　使用時，要先去掉移動動詞「〜ます」的「ます」，再加上表示移動目的的助詞「に」。

> 例句：

- 陳さんは　台北（たいぺい）へ　お茶を　買（か）いに　行（い）きます。
　　　　　　　場所　　　目的　　　　移動動詞
　　　　　　　（お茶（ちゃ）を買（か）います）

陳先生為了買茶去台北。

（二）名詞

　　動作性名詞（含有動作意義的名詞）後面，可以直接接續「に」。

> 例句：

- 田中（たなか）さんは　台湾（たいわん）へ　中国語（ちゅうごくご）の　勉強（べんきょう）に　来（き）ます。
　　　　　　　　場所　　　　　目的　　　　　　移動動詞

田中先生為了學中文而來台灣。

> 注意　所謂的「動作性名詞」指的是在後面加上「します」就能成為動詞的名詞。

- 東京へ　花見に　行きます。　　　　　去東京賞花。
- 図書館へ　本を　返しに　行きます。　去圖書館還書。
- 郵便局へ　荷物を　送りに　行きます。　去郵局寄行李。

● 練習問題 2.

問題 1.

請依提示完成句子。

1. としょかんへ　ほんを　（　　　　）に　いきます。（かります）

2. しやくしょへ　（　　　　）に　いきます。（外国人登録を　します）

3. あついですから、プールへ　（　　　　）に　いきましょう。（およぎます）

4. ゆうびんきょくへ　きってを　（　　　　）に　いきました。（かいます）

5. きっさてんへ　コーヒーを　（　　　　）に　いきます。（のみます）

問題 2.

從①～④之中選出正確答案填入（　　　　）裡。

1. 日本レストランへ　すしを　（　　）に　いきます。
   ①　たべます　　②　たべて　　③　たべる　　④　たべ

2. らいしゅう、わたしの　いえへ　（　　）に　きて　ください。
   ①　あそびます　②　あそべ　　③　あそぶ　　④　あそび

3. いっしょに　えいがを　（　　）に　いきませんか。
   ①　みて　　　　②　みる　　　③　み　　　　④　みます

問題 3.

將選項①～⑤組成句子，並選擇一個放入★的最佳答案。

1. ＿＿＿＿＿ ＿＿＿＿＿ ＿★＿＿ ＿＿＿＿＿ ＿＿＿＿＿ いきます。

① に　　　　② べんきょう　③ けいざい

④ の　　　　⑤ にほんへ

2. いっしょに ＿＿＿＿＿ ＿＿＿＿＿ ＿＿＿＿＿ ＿★＿＿ ＿＿＿＿＿ 。

① ませんか　② ごはんを　③ に

④ いき　　　⑤ たべ

3. ＿＿＿＿＿ ＿＿＿＿＿ ＿★＿＿ ＿＿＿＿＿ ＿＿＿＿＿ きましたか。

① なにを　　② へ　　　　③ に

④ し　　　　⑤ ここ

● 讀解問題

從①～④之中選出正確答案填入（　　　　）裡。

林：陳さん、こんにちは。

陳：林さん、こんにちは。（　Ａ　）です。

林：あれ？おでかけですか。

陳：ええ、これから　台北へ　えいがを　み（　Ｂ　）　いきます。

林：そうですか。いいですね。

陳：林さん、これから　じかんが　ありますか。

林：ええ。

陳：（　Ｃ　）、林さんも　いっしょに　（　Ｄ　）ませんか。

林：いいですね。じゃ、いき（　E　）。

A. ①　おじゃまします　　　　②　おひさしぶり

　　③　おかげさまで　　　　　④　おだいじに

B. ①　て　　　　②　へ　　　　③　に　　　　④　で

C. ①　じゃ　　　②　でも　　　③　そして　　④　それから

D. ①　いって　　②　いく　　　③　いか　　　④　いき

E. ①　ました　　②　ましょう　③　たかったです　　④　ません

「練習問題」解答

練習問題1.

問題1.

1. A：「明日デパートへ（行きませんか）。」

　A：「明天要不要一起去百貨公司呢？」

　B：「ええ、（行きましょう）。」　B：「嗯，一起去吧！」

2. A：「一緒に映画を（見ませんか）。」　A：「要不要一起去看電影呢？」

　B：「ええ、そう（しましょう）。」　B：「嗯，就這麼決定吧！」

3. A：「明日一緒に公園で花見を（しませんか）。」

　A：「明天要不要一起去公園賞花呢？」

　B：「いいですね。」　B：「好啊！」

A：「じゃ、１１時に東京駅の前で（会いましょう）。」

A：「那麼，十一點在東京車站前見面吧。」

B：「分かりました。」 B：「了解了。」

問題2.

1	2	3
②	③	④

1. A：「日曜日一緒に映画を（②見ませんか）。」

   A：「星期日要不要一起去看電影呢？」

   B：「いいですね。」 B：「好啊。」

2. 明日私の家へ（③来ませんか）。 明天要不要來我家呢？

3. A：「ちょっと休みましょう。」 A：「稍微休息一下吧。」

   B：「ええ、（④そうしましょう）。」 B：「嗯，就這麼決定做吧！」

問題3.

1	2	3
③	③	①

1. お茶 でも 飲み ません か。 要不要喝點茶呢？
   　　　　　★

2. 疲れましたから、ここ で ちょっと 休み ましょう。
   　　　　　　　　　　★

   因為有些疲累了，在這邊稍微休息一下吧。

3. 一緒に 写真を 撮りません か。 要不要一起照個相呢？
   　　　　★

練習問題 2.

問題1.

1. 図書館へ本を（借り）に行きます。　去圖書館借書。

2. 市役所へ（外国人登録）に行きます。　去市公所辦理外國人登錄。

3. 暑いですから、プールへ（泳ぎ）に行きましょう。
   因為很熱，去游泳池游泳吧！

4. 郵便局へ切手を（買い）に行きました。　去郵局買了郵票。

5. 喫茶店へコーヒーを（飲み）に行きます。　去咖啡廳喝咖啡。

問題2.

1	2	3
④	④	③

1. 日本レストランへ寿司を（④食べ）に行きます。
   為了品嚐料理去法國。

2. 来週、私の家へ（④遊び）に来てください。　下星期，請來我家玩。

3. 一緒に映画を（③見）に行きませんか。　要不要一起去看電影呢？

問題3.

1	2	3
④	④	①

1. 日本へ　経済　の　勉強　に　行きます。　去日本研究經濟學。
   　　　　　　　　★

2. 一緒に　ごはんを　食べ　に　行き　ませんか。　要不要一起去吃飯呢？
   　　　　　　　　　　★

3. ここ　へ　何を　し　に　来ましたか。　來這裡做什麼呢？
   　　　★

讀解問題

A	B	C	D	E
②	③	①	④	②

林：「陳さん、こんにちは。」　林：「陳先生，您好。」

陳：「林さん、こんにちは。（A.②お久しぶり）です。」

陳：「林先生，您好，好久不見。」

林：「あれ？お出かけですか。」　林：「咦？要出門嗎？」

陳：「ええ、これから台北へ映画を見（B.③に）行きます。」

陳：「嗯，現在要去台北看電影。」

林：「そうですか。いいですね。」　林：「這樣啊！真好呀！」

陳：「林さん、これから時間がありますか。」

陳：「林先生，等一下有時間嗎？」

林：「ええ。」　林：「嗯。」

陳：「（C.①じゃ）、林さんも一緒に（D.④行き）ませんか。」

陳：「那麼，林先生要不要一起去呢？」

林：「いいですね。じゃ、行き（E.②ましょう）。」

林：「好啊。那麼一起去吧！」

第三單元 | 希望

一、～が　ほしいです。

意思：想要～（東西）。

説明：用於第一人稱「我」想要的事物，或詢問第二人稱「你」想要的事物。

接續：名詞＋が＋ほしい（です）。

例句：

- 冷たい　飲み物が　ほしいです。　　　　　　想喝冰涼的飲料。
- 子どもの　とき、ピアノが　ほしかったです。　小時候，曾想要鋼琴。
- 日本の　カメラが　ほしいです。　　　　　　想要日本的相機。

注意　「ほしい」指的是想要某事物。

二、～たいです。

意思：想要～（做某動作）。

説明：希望、期望的一種表現。

接續：動詞（ます形）＋たい（です）。

　　　飲みます　→　飲みたい

例句：

- （私は）ジュースを　飲みたいです。　（我）想喝果汁。

- 新しい　パソコンを　買いに　デパートへ　<u>行きたい</u>です。
  想要去百貨公司買新的電腦。

- おなかが　いっぱいですから、何も　<u>食べたく</u>　ないです。
  因為肚子很飽，什麼都不想吃。

注意

（一）「たい」接於動詞之後，表示想要進行某動作。

（二）使用「たい」時，動詞的前面可以使用「を」也可以使用「が」。用「を」強調後
　　　方之動詞（想做某動作）；用「が」則強調助詞前方之名詞。

例句：

- （私は）カメラが　<u>買いたい</u>です。　（我）想買相機。

（三）「ほしい」、「たい」為い形容詞形助動詞，變化比照い形容詞。

　　　現在式否定形：「～ほしく　ありません・～たく　ありません。」

　　　過去式肯定形：「～ほしかったです・～たかったです。」

　　　過去式否定形：「～ほしく　なかったです・～たく　なかったです。」

（四）「ほしい」、「たい」用來表示第一人稱「我」的希望、欲望及夢想，或用來詢問
　　　第二人稱「你」的願望。在肯定句的情況下，主語絕對是「私」（我），在疑問句
　　　的情況下，主語絕對是「あなた」（你）而且經常被省略掉。

例句：

- （私は）ジュースが　<u>飲みたい</u>です。　　　（我）想喝果汁。
- （私は）ジュースが　<u>ほしい</u>です。　　　（我）想要果汁。
- （あなたは）ジュースが　<u>飲みたい</u>ですか。（你）想喝果汁嗎？
- （あなたは）ジュースが　<u>ほしい</u>ですか。　（你）想要果汁嗎？

（五）「ほしい」、「たい」不適合用於詢問長輩或身分地位比自己高的人。

例句：

× 先生、これ、食べたいですか。

× 先生、これ、ほしいですか。

→ ○ 先生、これ、どうぞ。　　　　　老師，這個請用。

→ ○ 先生、これ、いかがですか。　老師，這個，如何呢？

三、やってみよう

● 問題 1.

從①～④之中選出正確答案填入（　　　　）裡。

1. もっと　ちいさい　カメラ（　　　　）　ほしいです。

　　① に　　　　　② が　　　　　③ と　　　　　④ の

2. わたしは　にほんで　（　　　　）たいです。

　　① はたらけ　② はたらい　③ はたらく　④ はたらき

3. いま　なにを　（　　　　）たいですか。

　　① かわ　　　② かって　　　③ かい　　　④ かう

4. すしが　（　　　）です。

　　① たべて　　② たべる　　③ たべない　④ たべたい

5. わたしは　あたらしい　コンピューター　が　（　　　）。

　　① なります　② ください　③ しません　④ ほしいです

● 問題 2.

將選項①〜④組成句子，並選擇一個放入★的最佳答案。

1. おなかが ＿＿＿＿ ＿★＿ ＿＿＿＿ ＿＿＿＿ です。
　　① なにも　　　　　　　② から
　　③ いっぱいです　　　　④ たべたくない

2. なつやすみ ＿＿＿＿ ＿＿＿＿ ＿★＿ ＿＿＿＿ です。
　　① あそびに　② へ　　　③ いきたい　④ アメリカ

3. ＿＿＿＿ ＿★＿ ＿＿＿＿ ＿＿＿＿ です。
　　① ほしくない ② なに　　③ いまは　　　④ も

4. ＿＿＿＿ ＿★＿ ＿＿＿＿ ＿＿＿＿ ですか。
　　① ばんごはんは　　　　② なにが
　　③ たべたい　　　　　　④ きょうの

5. ＿＿＿＿ ＿＿＿＿ ＿★＿ ＿＿＿＿ ですか。
　　① かいしゃ　② で　　　③ にほんの　④ はたらきたい

● 讀解問題

從①〜④之中選出正確答案填入（　　　　）裡。

　きょうは　てんきが　わるかったです。そして、あさから　からだ
の　ちょうしも　わるかったです。わたしは　あたたかい　スープが
（　A　）たかったですから、おひるに　いつも　いく　レストランへ
いきました。（　B　）、その　ひは　やすみでした。その　レストラン
の　となりに　ちいさい　きっさてんが　ありました。（　C　）には

204

スープが　ありませんでしたが、あたたかい　のみものが　たくさん　あ
りました。わたしは、こうちゃを　のんで、おいしい　ケーキを　たべま
した。それから、よる　いえへ　かえって、おかあさん（　D　）　つく
った　スープを　のみました。いまは　（　E　）　げんきに　なりまし
た。

A. ① のみ　　　　　② のんで　③ のむ　　　　　④ のみます
B. ① また　　　　　② そして　③ それから　　　④ でも
C. ① あそこ　　　　② そこ　　③ ここ　　　　　④ あれ
D. ① で　　　　　　② は　　　③ が　　　　　　④ から
E. ① あまり　　　　② もう　　③ ぜんぜん　　　④ まだ

「やってみよう」解答

問題1.

1	2	3	4	5
②	④	③	④	④

1. もっと小さいカメラ（②が）ほしいです。　想要更小的相機。
2. 私は日本で（④働き）たいです。　我想在日本工作。
3. 今何を（③買い）たいですか。　現在想買什麼嗎？
4. 寿司が（④食べたい）です。　想吃壽司。
5. 私は新しいコンピューターが（④ほしいです）。　我想要新的電腦。

問題 2.

1	2	3	4	5
②	①	②	①	②

1. おなかが　いっぱいです　から　何_{なに}も　食_たべたくない　です。
   ★

   因為現在很飽，所以什麼都不想吃。

2. 夏休_{なつやす}み　アメリカ　へ　遊_{あそ}びに　行_いきたい　です。　暑假想去美國玩。
   ★

3. 今_{いま}は　何_{なに}　も　ほしくない　です。　現在什麼都不想要。
   ★

4. 今日_{きょう}の　晩_{ばん}ごはんは　何_{なに}が　食_たべたい　ですか。　今天的晚餐想吃什麼呢？
   ★

5. 日本_{にほん}の　会社_{かいしゃ}　で　働_{はたら}きたい　ですか。　想在日本的公司工作嗎？
   ★

讀解問題

A	B	C	D	E
①	④	②	③	②

　　今日_{きょう}は天気_{てんき}が悪_{わる}かったです。そして、朝_{あさ}から体_{からだ}の調子_{ちょうし}も悪_{わる}かったです。私_{わたし}は温_{あたた}かいスープが（A. ①飲_のみ）たかったですから、お昼_{ひる}にいつも行_いくレストランへ行_いきました。（B. ④でも）、その日_ひは休_{やす}みでした。そのレストランの隣_{となり}に小_{ちい}さい喫茶店_{きっさてん}がありました。（C. ②そこ）にはスープがありませんでしたが、温_{あたた}かい飲_のみ物_{もの}がたくさんありました。私_{わたし}は、紅茶_{こうちゃ}を飲_のんで、おいしいケーキを食_たべました。それから、夜_{よる}、家_{いえ}へ帰_{かえ}って、お母_{かあ}さん（D. ③が）作_{つく}ったスープを飲_のみました。今_{いま}は（E. ②もう）元気_{げんき}になりました。

今天的天氣很差。然後，從早上開始身體也不舒服。因為我想要喝熱湯，中午去了常去的餐廳。但是，那天公休。那家餐廳的隔壁有一家小間的咖啡廳。那邊雖然沒有湯，但是有很多熱飲。我喝了紅茶，吃了好吃的蛋糕。然後，晚上回到家，喝了媽媽煮的湯。現在已經恢復精神了。

第四單元 | 比較

一、A は　B より～。

意思：A 比 B ～。

説明：肯定敘述句，比較兩者的句型。

接續：名詞 A ＋は＋名詞 B ＋より～

例句：

- 電車は　バスより　速いです。　　　電車比巴士快。
- 日本語は　英語より　難しいです。　日文比英文難。
- 日本より　台湾の　ほうが　物価が　ずっと　安いです。
  比起日本，台灣的物價便宜得多。

注意　「ずっと」為副詞，意思是「一直都～」，但用於比較句時則為「～得多了」
（遠遠超過之意）。

二、～と　～と　どちらが　～ですか。

意思：A 和 B，你比較～哪一個呢？

説明：比較兩者的疑問句。用於「以兩樣東西當作選項，然後請對方選擇一項」
時。

接續：名詞 A ＋と＋名詞 B ＋と＋どちらが＋形容詞ですか。

例句：

- 奈良と　東京と　どちらが　静かですか。
  奈良和東京，哪裡比較安靜呢？

- 空港まで　バスと　電車と　どちらが　速いですか。
くうこう　　　　　　でんしゃ　　　　　　　　　　　　はや

到機場，巴士和電車，哪一個比較快呢？

- 海と　山と　どちらが　好きですか。　海和山，比較喜歡哪一個呢？
うみ　やま　　　　　　　　す

- 夏と　冬と　どちらが　嫌いですか。　夏天和冬天，比較討厭哪一個呢？
なつ　ふゆ　　　　　　　　きら

注意

（一）在口語中會使用「どっち」（哪一個）。

例句：

- 咖啡和紅茶，比較喜歡哪一個呢？
コーヒーと　紅茶と　どちらが　好きですか。
　　　　　　こうちゃ　　　　　　す
＝コーヒーと　紅茶と　どっちが　好きですか。
　　　　　　　こうちゃ　　　　　　　す

（二）針對本句型要以「～のほうが～」的方式來回答。請參考接下來「Aより　Bの
　　　　ほうが……。」的句型。

三、Aより　Bの　ほうが……。

意思：比起 A，B 更~。

説明：對於上面二「～と～とどちらが～ですか。」的問題，在兩個選擇一
　　　　個的情況下，會使用「～の　ほうが……。」來回答。

接續：名詞 A ＋より＋名詞 B ＋の　ほうが＋形容詞です。

例句：

- A：「麺類と　ごはん類と　どちらが　好きですか。」
　　　めんるい　　　　るい　　　　　　　　す
　　A：「麵類跟飯類，比較喜歡哪一個呢？」
　　B：「ごはん類より　麺類の　ほうが　好きです。」
　　　　　　　るい　　　めんるい　　　　　　す
　　B：「跟飯類相比，比較喜歡麵類。」

- 私は　日本語より　英語の　ほうが　得意です。

比起日文，我比較擅長英文。

- 兄より　弟の　ほうが　背が　高いです。　跟哥哥相比，弟弟比較高。

注意

（一）當選項只有兩項時，不論選項的名詞為何，疑問詞只能使用「どちら」（哪一個）。

（二）如果是兩邊比較不分上下的情況下，會使用「どちらも……」（兩個都……）表示。

例句：

- どちらも　好きです。　兩邊都喜歡。

四、～（の　中）で　～が　一番……。

意思：～當中，～最～呢？

説明：要對方從三個選項以上的比較，選擇其中一個程度最高者的疑問句。

接續：名詞＋（の中）で＋疑問詞＋が　いちばん＋形容詞ですか。

例句：

- 飲み物（の　中）で　何が　一番　好きですか。

在飲料之中，最喜歡什麼呢？

- 台湾で　どこが　一番　きれいですか。

台灣之中，最漂亮的地方是哪裡呢？

- 一年で　いつが　一番　好きですか。

一年之中，最喜歡什麼時候呢？

- この　クラスで　誰が　一番　ハンサムですか。

這個班級之中，最帥的是誰呢？

（一）選擇的範圍時，會使用「名詞（の中^{なか}）で」（在～之中）。

（二）三個選項以上的疑問句，則須視名詞的種類來決定疑問詞。疑問詞：「どれ」（哪個）、「いつ」（何時）、「何^{なに}」（什麼）、「誰^{だれ}」（誰）、「どこ」（哪裡）。

五、やってみよう

● 問題 1.

從①～④之中選出正確答案填入（　　　）裡。

1. いぬと ねこと （　　　）が すきですか。

　① どこ　　　② どんな　　　③ どちら　　　④ なに

2. きょねん（　　　） ことしの ほうが あついです。

　① より　　　② から　　　③ は　　　④ と

3. かぞくの なか（　　　） だれが いちばん うたが じょうずですか。

　① から　　　② で　　　③ に　　　④ は

4. いもうとは わたし（　　　） せが たかい。

　① から　　　② まで　　　③ より　　　④ ほど

5. わたしの とけいは 林^{りん}さんの （　　　） たかくない。

　① だけ　　　② しか　　　③ より　　　④ でも

6. Aだいがくと Bだいがくと、（　　　）が うちから ちかいですか。

　① だれ　　　② どう　　　③ どの　　　④ どちら

● 問題 2.

將選項①～④組成句子，並選擇一個放入★的最佳答案。

1. すいようび ＿＿＿＿ ＿＿★＿＿ ＿＿＿＿ ＿＿＿＿ いそがしいですか。

　① どちらが　② と　　　　③ もくようび　④ と

2. この　クラスは ＿＿＿＿ ＿＿＿＿ ＿＿★＿＿ ＿＿＿＿ おおいです。

　① おんな　　　　　　　② おとこより

　③ の　　　　　　　　④ ほうが

3. きせつ ＿＿★＿＿ ＿＿＿＿ ＿＿＿＿ ＿＿＿＿ すきですか。

　① いちばん　② いつ　　③ が　　　　④ で

4. 東京は ＿＿★＿＿ ＿＿＿＿ ＿＿＿＿ ＿＿＿＿ です。

　① ずっと　　② 大阪　　③ より　　④ おおきい

5. 陳さんは ＿＿＿＿ ＿＿★＿＿ ＿＿＿＿ ＿＿＿＿ です。

　① 林さん　② じゃない　③ きれい　④ より

6. バスは ＿＿＿＿ ＿＿★＿＿ ＿＿＿＿ ＿＿＿＿ です。

　① でんしゃ　② やすい　③ より　　④ ねだんが

7. やきゅう ＿＿＿＿ ＿＿＿＿ ＿＿★＿＿ ＿＿＿＿ ですか。

　① と　　　　② どちらが　③ すき　　④ サッカーと

8. きょう ＿＿★＿＿ ＿＿＿＿ ＿＿＿＿ ＿＿＿＿ です。

　① きのう　　　　　　　② あたたかくない

　③ より　　　　　　　　④ は

9. 台湾と ＿＿＿＿＿ ＿＿＿＿＿ ＿★＿＿ ＿＿＿＿＿ おおいですか。

① が ② ひとが ③ にほんと ④ どちら

● 讀解問題

從①～④之中選出正確答案填入（　　　　）裡。

A：陳さんは、どうぶつが　すきですか。

B：ええ、すきですよ。

A：じゃ、どうぶつの　なか（　A　）　なにが　いちばん　すきですか。

B：そうですね。いぬが　いちばん　すきです。

A：そうですか。わたしは　いぬより　ねこの　（　B　）が　すきです。

B：ねこも　かわいいですよね。

A：ええ、（　C　）、いちばん　（　D　）　どうぶつは　ライオンです。

B：えっ！ライオンですか。

A：ええ。ライオンは　どうぶつの　なかで　いちばん　（　E　）ですから。

A. ① で ② に ③ が ④ は

B. ① どちらも ② いちばん ③ ほう ④ どちら

C. ① そして ② じゃ ③ でも ④ もう

D. ① すきな ② すきだ ③ すきに ④ すきで

E. ① せまい ② ながい ③ よわい ④ つよい

「やってみよう」解答

問題 1.

1	2	3	4	5	6
③	①	②	③	③	④

1. 犬と猫と（③どちら）が好きですか。　狗和貓比較喜歡哪一個呢？
2. 去年（①より）今年のほうが暑いです。　比起去年，今年比較熱。
3. 家族の中（②で）誰が一番歌が上手ですか。　家人之中，誰最會唱歌呢？
4. 妹は私（③より）背が高い。　妹妹比我高。
5. 私の時計は林さんの（③より）高くない。　我的手錶沒有林先生的貴。
6. A大学とB大学と、（④どちら）が家から近いですか。
   A大學和B大學，哪一間離家比較近呢？

問題 2.

1	2	3	4	5	6	7	8	9
③	③	④	②	④	③	②	④	①

1. 水曜日　と　木曜日　と　どちらが　忙しいですか。
   　　　　　★

   星期三和星期四，哪一天比較忙呢？

2. このクラスは　男より　女　の　ほうが　多いです。
   　　　　　　　　　　★

   這個班級女生比男生多。

3. 季節　で　いつ　が　一番　好きですか。
   　　　★

   四季之中，最喜歡什麼時候呢？

214

4. 東京は　大阪　より　ずっと　大きい　です。　東京比大阪大很多。
　　　　　　★

5. 陳さんは　林さん　より　きれい　じゃない　です。
　　　　　　　★

陳小姐沒有林小姐漂亮。

6. バスは　電車　より　値段が　安い　です。　巴士比電車價格便宜。
　　　　　　★

7. 野球　と　サッカーと　どちらが　好き　です　か。
　　　　　　　　★

棒球和足球，比較喜歡哪一個呢？

8. 今日　は　昨日　より　暖かくない　です。　今天沒有比昨天溫暖。
　　　　★

9. 台湾と　日本と　どちら　が　人が　多いですか。
　　　　　　　　　★

台灣和日本，哪一邊人比較多呢？

讀解問題

1	2	3	4	5
①	③	③	①	④

A：「陳さんは、動物が好きですか。」
A：「陳先生，你喜歡動物嗎？」
B：「ええ、好きですよ。」
B：「嗯，喜歡喔！」
A：「じゃ、動物の中（A.①で）何が一番好きですか。」
A：「那麼，所有動物中，最喜歡什麼呢？」

Ｂ：「そうですね。犬が一番好きです。」
Ｂ：「這個嘛。我最喜歡狗。」

Ａ：「そうですか。私は犬より猫の（Ｂ.③ほう）が好きです。」
Ａ：「這樣啊。我比起狗，更喜歡貓。」

Ｂ：「猫もかわいいですよね。」
Ｂ：「貓也很可愛呢！」

Ａ：「ええ、（Ｃ.③でも）、一番（Ｄ.①好きな）動物はライオンです。」
Ａ：「對呀，但是，最喜歡的動物是獅子。」

Ｂ：「えっ！ライオンですか。」　Ｂ：「咦！獅子嗎？」

Ａ：「ええ。ライオンは動物の中で一番（Ｅ.④強い）ですから。」
Ａ：「是的。因為獅子是動物之中最強的。」

一、～て　～て（表示動作的順序）

意思：表示動作的順序。

接續：V1 ます＋ V2 ます → V1 て　 V2 ます。

（一）動詞「て形」連接二個以上的子句

　　動詞的「て形」能夠連接二個以上的句子，並且因 V1 跟 V2 的句子主格
（は / が）相同，V2 句子的主格助詞（は / が）可以省略。

例句：

- 東京駅で　新幹線に　乗って、新大阪駅で　降ります。
  在東京站搭新幹線，在新大阪站下車。

- デパートへ　行って、父の　誕生日プレゼントを　買いました。
  去百貨公司，買了爸爸的生日禮物。

- 明日　バスに　乗って、病院へ　行きます。　明天要坐公車去醫院。

注意　「て形」不能表示句子的時態，整個句子是不是過去式，要由句子最後一個動詞
　　　的時態來判斷。

（二）～て（～で）

意思：表示連續敘述。

接續：1. い形容詞（去い）＋くて

　　　2. な形容詞（去な）/ 名詞＋で

分別說明如下：

1.

接續：い形容詞（去い）＋くて

說明：い形容詞的句子與其他句子連接時，要先去掉「い形容詞」的「い」，

　　　再加上「くて」。

　　　い形容詞　～い → くて

例句：

- 父は　背が　高くて、足が　長いです。　父親個子高，腳又長。
- 陳さんは　やさしくて、ハンサムです。　陳先生既溫柔又帥氣。

注意　いい → よくて

例句：

- 陳さんは　頭が　良くて、ハンサムです。　陳先生既聰明又帥氣。

2.

接續：な形容詞（去な）/ 名詞＋で

說明：名詞句或な形容詞句的接續，只要把「です」改成「で」即可。

　　　な形容詞＋で、～

- 彼は　ハンサムで、親切です。　他既帥氣又親切。
- この　アパートは　静かで、便利な　所です。
  這間公寓是個既安靜又便利的地方。

名詞＋で、～

例句：

- 彼は　日本人で、医者です。　他是日本人，是醫生。
- 先生は　４０歳で、独身です。　老師四十歲，單身。

注意

（1）名詞的「て形變化」與な形容詞一樣，後面直接加「で」即可。

名詞＋で

な形容詞＋で

例句：

- 彼は　日本人で、医者です。　他是日本人，是醫生。
  名詞＋で

- 彼は　親切で、やさしい　人です。　他是既親切又溫柔的人。
  な形容詞＋で

（2）以上的接續用法，除了用來連接相同主題的句子之外，也適用於連接不同主題的數個
　　　句子。但在接續價值觀相反的句子時，則要使用「が」（但是）。

例句：

- 他長得雖然帥氣，但是個性不好。
  ×　彼は　ハンサムで、性格が　悪いです。
  ○　彼は　ハンサムですが、性格が　悪いです。

二、～て　います。（正在～）

意思：表示正在進行中的動作。

接續：動詞て形＋います。

例句：

- 今　ごはんを　<u>食べて　います</u>。　　　　現在正在吃飯。
- 今　日本語を　<u>勉強して　います</u>。　　　現在正在學習日文。
- 母は　今　ごはんを　<u>作って　います</u>。　媽媽現在正在做飯。

三、やってみよう

● 問題1.

從①～④之中選出正確答案填入（　　　　）裡。

1. 陳さんは　（　　　　）、やさしいです。

   ①　きびしくて　　　　　　　②　きれいて

   ③　きびしいで　　　　　　　④　きれいで

2. この　コンピューターは　（　　　　）、べんりです。

   ①　あたらしいと　　　　　　②　あたらしくて

   ③　あたらしいで　　　　　　④　あたらしいの

3. 田中さんは　（　　　　）、30さいです。

   ①　はいしゃに　②　はいしゃと　③　はいしゃの　④　はいしゃで

4. ここは　（　　　　）、しずかな　ところです。

   ①　べんりと　②　べんりで　③　べんりな　④　べんりくて

5. いつも　としょかんへ　（　　　　）、べんきょうします。
　　①　いって　　　②　いきて　　　③　いいて　　　④　いっで

● 問題2.

將選項①～④組成句子，並選擇一個放入★的最佳答案。

1. ＿＿＿＿　＿＿＿＿　＿★＿＿　＿＿＿＿　べんりです。
　　①　えきに　　　②　いえは　　　③　ちかくて　　　④　この

2. せんせいは　＿＿＿＿　＿★＿＿　＿＿＿＿　＿＿＿＿　じょうずです。
　　①　おしえかたが　　　　　　②　で
　　③　にほんごの　　　　　　　④　しんせつ

3. ＿★＿＿　＿＿＿＿　＿＿＿＿　＿＿＿＿　へ　いきます。
　　①　プレゼントを　　　　　　②　デパートで
　　③　ともだちのいえ　　　　　④　かって

4. ＿＿＿＿　＿＿＿＿　＿★＿＿　＿＿＿＿　です。
　　①　まいしゅうげつようび　　②　やすみは
　　③　ここは　　　　　　　　　④　としょかんで

5. ＿＿＿＿　＿★＿＿　＿＿＿＿　＿＿＿＿　げんきです。
　　①　じょうぶ　　②　からだが　　③　で　　　　　④　りょうしんは

從①～④之中選出正確答案填入（　　　　）裡。

　わたしは、あさの　じかんを　たいせつに　して　います。まいにち　5
じに　（　A　）　にほんごを　1じかんぐらい　べんきょうして、ごは
んを　ゆっくり　（　B　）から、かいしゃへ　いって　います。ときど
き、そうじや　せんたくを　したり、うんどうしたりも　して　います。
さいしょは、あさ　（　C　）　おきるのが　たいへんでしたが、いまは
（　D　）　なれました。まいにち　いそがしいですが、じぶんの　じかん
（　E　）　ありますから、とても　うれしいです。

A. ①　おいて　　　　②　おって　　③　おいで　　④　おきて

B. ①　たべない　　　②　たべて　　③　たべる　　④　たべます

C. ①　はやく　　　　②　はやいに　③　はやい　　④　はやくて

D. ①　まだ　　　　　②　ずっと　　③　あまり　　④　もう

E. ①　に　　　　　　②　で　　　　③　を　　　　④　が

「やってみよう」解答

問題 1.

1	2	3	4	5
④	②	④	②	①

1. 陳<ruby>ちん</ruby>さんは（④きれいで）、やさしいです。　陳小姐既漂亮又親切。

2. このコンピューターは（②新<ruby>あたら</ruby>しくて）、便<ruby>べん</ruby>利<ruby>り</ruby>です。　這台電腦既新又方便。

3. 田中さんは（④歯医者で）、３０歳です。　田中先生是牙科醫生，三十歲。

4. ここは（②便利で）、静かな所です。　這邊是個既方便又安靜的地方。

5. いつも図書館へ（①行って）、勉強します。　總是去圖書館讀書。

問題 2.

1	2	3	4	5
①	②	②	②	②

1. この　家は　駅に　近くて、便利です。　這個房子離車站近，又方便。
　　　　　　　　★

2. 先生は　親切　で、日本語の　教え方が　上手です。
　　　　　　　　★

老師親切，又會教日文。

3. デパートで　プレゼントを　買って、友達の家　へ行きます。
　　　　　　★

在百貨公司買禮物，然後去朋友家。

4. ここは　図書館で、休みは　毎週月曜日　です。
　　　　　　　　★

這裡是圖書館，每週一公休。

5. 両親は　体が　丈夫　で、元気です。　父母身體健壯，又有精神。
　　　　　　★

讀解問題

1	2	3	4	5
④	②	①	④	④

私は、朝の時間を大切にしています。毎日5時に（A.④起きて）、日本語を1時間ぐらい勉強して、ごはんをゆっくり（B.②食べて）から、会社へ行っています。ときどき、掃除や洗濯をしたり、運動したりもしています。最初は、朝（C.①早く）起きるのが大変でしたが、今は（D.④もう）慣れました。毎日忙しいですが、自分の時間（E.④が）ありますから、とてもうれしいです。

我很珍惜早上的時間。每天五點起床，讀一個小時左右的日文，然後慢慢地吃飯之後去公司。有時候，會掃地或洗衣服，還會運動。剛開始，雖然早起很辛苦，但是現在已經習慣了。雖然每天都很忙碌，但因為擁有自己的時間，所以非常開心。

第六單元 | 時間前後

一、～ながら

意思：一邊～一邊～。

説明：表示同一主語的兩個動作「並行」。

接續：動詞（ます形）＋ながら～。

例句：

- 音楽を　聞きながら、料理を　します。　一邊聽音樂，一邊做飯。
- 歩きながら、話しましょう。　　　　　　邊走邊談吧。
- 昼　働きながら、夜　大学で　勉強して　います。
  一邊白天工作，一邊晚上在大學唸書。

注意

（一）此用法動作不一定要在同一時間，長期的行為也通用。

例句：

- 陳さんは　アルバイトを　しながら、学校に　行って　います。
  陳先生一邊打工，一邊上學。

（二）「ながら」後面接較重要的動作。

例句：

- テレビを　見ながら、ごはんを　食べます。　一邊看電視，一邊吃飯。
  →「食べます」（吃飯）比較重要。

225

二、～てから

意思：～之後～。

説明：表示事態的先後順序，強調先做某事。

接續：動詞1（て形）＋から、動詞2

例句：

- 宿題を してから、遊びに 行きます。　先寫作業之後，再出去玩。
- 電話を かけてから、田中さんの 家へ 行きました。
  先打電話之後，才去了田中先生家。
- 値段を 確認してから、買います。　先確定價錢之後再買。

注意

（一）此句型表示動詞1比動詞2先發生。

（二）使用在清楚知道兩個動作或是發生事件的前後關係時。

（三）「て」和「てから」的差異：

　　　1.「て」可以很多動作並列，而「てから」只能表示兩個動作。

　　　2.「～てから」比「～て」更明確強調前後關係。

例句：

- ごはんを 食べて、歯を 磨きます。　　吃飯然後刷牙。
- ごはんを 食べてから、歯を 磨きます。　先吃飯，再刷牙。

（四）「Vてから」這個子句的主語，助詞要使用「が」。

三、～た あとで

意思：在～之後～。

説明：表示在前面動作完成的狀態下，進行後面的動作。

接續：**動詞 1（た形）/ 動作性名詞（＋の）＋あとで～、動詞 2**。

例句：

- 試験の　あとで、映画を　見に　行きます。　考試之後，去看電影。

- ごはんを　食べた　あとで、コーヒーを　飲みます。
  吃完飯之後，去喝咖啡。

- 宿題を　した　あとで、何を　しますか。
  寫完功課之後，要做什麼呢？

注意

（一）此句型表示動作2在動作1之後進行。

（二）「あとで」這個子句的主語，助詞要用「が」。

例句：

- 母が　ごはんを　作った　あとで、父が　お皿を　洗いました。
  媽媽做完飯之後，爸爸洗了碗。

（三）不管動作2的時態，「あとで」之前的動詞一定要使用「た形」。

（四）「Ｖ～たあとで」和「Ｖ～てから」的差異：

　　「Ｖ～てから」：強調「前句動作結束後，後句動作緊接著發生」的接續性。

例句：

- 日本へ　行ってから、日本の　友達と　ディズニーランドへ　行きました。
  去日本後，就跟日本的朋友去了迪士尼樂園。

　　「Ｖ～あとで」：不是「緊接著」也沒關係，只要是「之後」就可以。也就是強調「某件事情完成或實現之後」。

例句：

- 会議が　終わった　あとで、ちょっと　来て　ください。　會議之後，請來一下。

四、～まえに

意思：在～之前～。

説明：表示要做某件事之前，先做另一件事。

接續：
$$\left\{\begin{array}{l}\text{動詞（辭書形）}\\\text{名詞（＋の）}\\\text{期間}\end{array}\right.\ +まえに～$$

例句：

- ごはんを　食べる　前に、手を　洗います。　　在吃飯之前，先洗手。
- 会議の　前に、資料を　コピーします。　　　在開會之前，先影印資料。
- 遊びに　行く　前に、宿題を　します。　　　在出去玩之前，先寫作業。
- 2年前に、日本へ　来ました。　　　　　　　　　兩年前，來到了日本。

注意

（一）「AまえにB」表示動作B先進行。

（二）「まえに」這個子句的主語，助詞要使用「が」。

（三）「AまえにB」這個句型，動作A不受動作B的時態限制，一定要以辭書形表示。

五、～とき

意思：～的時候～。

説明：「～とき」用來連接兩個句子，表示後面句子中顯示的行為或狀況成
　　　立的「時間」。

接續：

$$\left\{\begin{array}{l}\text{動詞普通形}\\ \text{い形容詞辭書形（～い）}\\ \text{な形容詞（＋な）}\\ \text{名詞（＋の）}\end{array}\right\} \text{＋とき～}$$

例句：

・日本へ　行く　とき、大きい　かばんを　買いました。
　去日本的時候，買了大的包包。

・買い物へ　行った　とき、友達に　会いました。
　去買東西的時候，和朋友見面了。

注意

（一）根據「～とき」前後句使用的動詞型態，句子的意思會有以下的差異。「辭書形」
　　　表示是「先後關係」的「先」；「た形」表示「先後關係」的「後」。

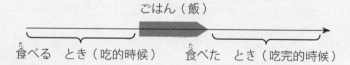

ごはん（飯）

食べる　とき（吃的時候）　　食べた　とき（吃完的時候）

1. 動詞辭書形 ＋とき

→ 前面的動作之前，先做了後面的動作（＝まえに）。

例句：

・ごはんを　食べる　とき、「いただきます」と　言います。
　　　　　　　 未完了　　　　　　　 現在
　吃飯的時候，説「我開動了」。

　（動作的時間順序是：説「我開動了」→「吃飯」。）

- ごはんを 食(た)べる とき、箸(はし)や お椀(わん)を 自分(じぶん)で 用意(ようい)しました。

  末完了   過去

  吃飯的時候，自己準備了筷子跟碗。

  （動作的時間順序是：「自己準備筷子跟碗」→「吃飯」。）

2. 動詞た形＋とき

  → 做了前面的動作後，才做後面的動作（＝あとで）。

例句：

- ごはんを 食(た)べた とき、「ごちそうさま」と 言(い)います。

  完了   現在

  吃飽飯的時候，説「我吃飽了」。

  （動作的時間順序是：「吃飽飯」→ 説「我吃飽了」。）

- ごはんを 食(た)べた とき、使(つか)った お皿(さら)は 自分(じぶん)で 洗(あら)いました。

  完了   過去

  吃飽飯之後，自己洗了用過的盤子。

  （動作的時間順序是：「吃飽飯」→「自己洗用過的盤子」。）

（二）い形容詞、な形容詞、名詞則是與後句同一時間。

- 頭(あたま)が いたい とき、薬(くすり)を 飲(の)みます。　　頭痛的時候，吃藥。
- 暇(ひま)な とき、映画(えいが)を 見(み)ます。　　　　　　無聊的時候，看電影。
- 試験(しけん)の とき、静(しず)かに して ください。　考試的時候，請安靜。

（三）「（辭書形 / ない形）＋とき、〜」表示「狀態同時發生」，也就是「〜ているとき」（正〜的時候）。

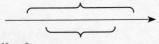

道(みち)を渡(わた)ります（過馬路）

車(くるま)に気(き)をつけます（小心車子）

例句：

- 道(みち)を 渡(わた)る とき、車(くるま)に 気(き)を 付(つ)けます。　過馬路的同時，小心車子。

六、やってみよう

● 問題 1.

從①～④之中選出正確答案填入（　　　　）裡。

1. ほんを　（　　　　）とき、めがねを　かけます。
   ①　よむ　　　　②　よみ　　　　③　よんで　　　④　よんだ

2. テストが　（　　　　）あとで　かいものに　いきたいです。
   ①　おわった　　②　おわって　　③　おわる　　　④　おわります

3. いえへ　（　　　　）まえに、ゆうびんきょくへ　いきました。
   ①　かえります　②　かえった　　③　かえって　　④　かえる

4. まいにち　うんどう（　　　　）から、ねます。
   ①　し　　　　　②　する　　　　③　した　　　　④　して

5. （　　　　）ときは　じしょを　ひきます。
   ①　わからないの　　　　　　②　わからない
   ③　わかったの　　　　　　　④　わかって

6. ごはんを　（　　　　）から、はを　みがきますか。
   ①　たべて　　　②　たべた　　　③　たべます　　④　たべ

7. まいあさ　かいしゃに　（　　　　）まえに、スポーツを　します。
   ①　いく　　　　②　いきます　　③　いった　　　④　いって

8. こどもが　がっこうへ　（　　　　）あとで、そうじを　します。
   ①　いく　　　　②　いった　　　③　いって　　　④　いきます

9. がっこうが　（　　　　）から、えいがを　みに　いきませんか。
   ①　おわらない　②　おわる　　　③　おわって　　④　おわります

將選項①～④組成句子，並選擇一個放入★的最佳答案。

1. ＿＿＿＿＿ ＿★＿＿ ＿＿＿＿＿ ＿＿＿＿＿ 。
　　① はいって　　② ねます　　　③ おふろに　　④ から

2. ごはんを ＿＿＿＿＿ ＿＿＿＿＿ ＿★＿＿ ＿＿＿＿＿ ましょう。
　　① たべ　　　　② たべた　　　③ ケーキを　　④ あとで

3. ＿＿＿＿＿ ＿★＿＿ ＿＿＿＿＿ ＿＿＿＿＿ 。
　　① ききながら　　　　　　　② いつも
　　③ べんきょうします　　　　④ おんがくを

4. ＿＿＿＿＿ ＿＿＿＿＿ ＿★＿＿ ＿＿＿＿＿ と　いいます。
　　① ただいま　　② とき　　　③ かえって　　④ きた

5. にほんへ ＿＿＿＿＿ ＿★＿＿ ＿＿＿＿＿ ＿＿＿＿＿ 。
　　① まえに　　② かばんを　　③ いく　　　④ かいました

● 讀解問題

從①～④之中選出正確答案填入（　　　　　）裡。

　わたしは、ちいさいとき、ぎゅうにゅうが　だいすきでした。
（　Ａ　）　しょくじ（　Ｂ　）とき、ぎゅうにゅうを　のみながら、ごは
んを　たべて　いました。（　Ｃ　）、おふろに　（　Ｄ　）あとも、ぎゅ
うにゅうを　のんで、よる　ねる　まえも　のんで　いました。まいにち
たくさん　ぎゅうにゅうを　のみました（　Ｅ　）、いま　わたしは　ク
ラスの　なかで　いちばん　せが　たかいです。

A. ① とても ② いつも ③ あまり ④ いつか

B. ① に ② × ③ で ④ の

C. ① だから ② それから ③ しかし ④ まだ

D. ① はいった ② はいって ③ はいる ④ はいり

E. ① けど ② が ③ まで ④ から

「やってみよう」解答

問題 1.

1	2	3	4	5	6	7	8	9
①	①	④	④	②	①	①	②	③

1. 本を（①読む）とき、眼鏡をかけます。　讀書的時候，戴眼鏡。

2. テストが（①終わった）あとで買い物に行きたいです。
考完試後，想去買東西。

3. 家へ（④帰る）まえに、郵便局へ行きました。　回家之前，去了郵局。

4. 毎日運動（④して）から、寝ます。　每天運動之後，睡覺。

5. （②分からない）ときは辞書を引きます。　不知道的時候，查字典。

6. ごはんを（①食べて）から、歯を磨きますか。　吃飽飯之後，會刷牙嗎？

7. 毎朝会社に（①行く）まえに、スポーツをします。
每天早上去公司之前，做運動。

8. 子供が学校へ（②行った）あとで、掃除をします。
在小孩去了學校之後，打掃。

9. 学校が（③終わっ）てから、映画を見に行きませんか。
放學之後，要不要看電影呢？

問題 2.

1	2	3	4	5
①	③	④	②	①

1. お風呂に　入って　から、寝ます。　洗澡之後，睡覺。
　　　　　　★

2. ごはんを　食べた　あとで、ケーキを　食べ　ましょう。
　　　　　　　　　　★

　吃飽飯之後，吃蛋糕吧！

3. いつも　音楽を　聞きながら、勉強します。
　　　　　★

　總是一邊聽音樂，一邊讀書。

4. 帰って　きた　とき、　「ただいま」　と言います。
　　　　　★

　回到家之後，要說「我回來了」。

5. 日本へ　行く　前に　かばんを　買いました。
　　　　　　★

　去日本之前，買了包包。

讀解問題

1	2	3	4	5
②	④	②	①	④

　私は、小さいとき、牛乳が大好きでした。（A.②いつも）食事（B.④の）とき、牛乳を飲みながら、ごはんを食べていました。（C.②それから）、お風呂に（D.①入った）あとも、牛乳を飲んで、夜、寝る前も、飲んでいました。毎日たくさん牛乳を飲みました（E.④から）、今私はクラスの中で一番背が高いです。

在我小的時候，非常喜歡牛奶。總是吃飯的時候，一邊喝牛奶，一邊吃飯。然後洗完澡之後，也喝牛奶，晚上睡覺前，也喝牛奶。因為每天都喝很多牛奶，現在我在班級裡身高最高。

第七單元 | 依賴

一、～を　ください。

意思：請給我～。

説明：用於説話者委婉請求對方給予自己某物。

接續：名詞＋を＋ください。

例句：

- すみません、その　青い　かばんを　ください。
  不好意思，請給我那個綠色的包包。

- りんごを　6つ　ください。　請給我六個蘋果。

- 手紙を　ください。　　　　　請寫信給我。

注意　「～をください」在點餐或是購物時，也可以使用另一種説法：「～をお願いします」（麻煩給我～）。

二、～て　ください。

意思：請～。

説明：用於説話者委婉請求或指示對方做某動作。

接續：動詞（て形）＋ください。

例句：

- パスポートを　見せて　ください。　請讓我看護照。

- ここに　名前を　書いて　ください。　請在這邊寫上姓名。
- A：「まっすぐ　行って　ください。」　A：「請直走。」

  B：「はい、分かりました。」　　　　B：「好的，我知道了。」

注意

（一）「～て　ください」有很多種用法，這裡所用到的「～て　ください」是禮貌地去
　　　指示和命令對方的表達方式。回答則使用「はい」（好的）或「はい、分かりまし
　　　た」（好的，我知道了）。

（二）用來表達指示時，請注意只能用在「聽話者理所當然要聽從說話者指示」的情況。
　　　例如「醫生→病患」、「老師→學生」等等的關係。

（三）可以用來表達對對方的關心。

例句：

- ぜひ　行って　みて　ください。　請一定要去去看。
- 頑張って　ください。　　　　　　請加油。

三、～て　くださいませんか。

意思：能否（請您）～。

說明：用於說話者委婉請求對方做某動作。

接續：動詞（て形）＋くださいませんか。

例句：

- その　辞書を　貸して　くださいませんか。

  能否把這本字典借給我呢？

- あの　レストランの　電話番号を　教えて　くださいませんか。

  能否告訴我那家餐廳的電話呢？

注意　「～て　くださいませんか」比「～て　ください」更加委婉客氣。

四、～ないで　ください。

意思：請不要～。

説明：用來拜託別人不要做某行為。一般常用在叮嚀、法律、規則、禮儀上
　　　禁止的項目。

接續：動詞（ない形）＋で＋ください。

例句：

- ここに　車を　止めないで　ください。　　　請不要在這裡停車。
- ここに　入らないで　ください。　　　　　　請不要進入這裡。
- ここに　ごみを　捨てないで　ください。　請不要把垃圾丟在這裡。

注意　此句型是為了禁止某事，所以有時候會給人較強烈的印象，請小心使用。若是主觀
　　　希望阻止他人做某事，或想以較柔和的方式來表現時，使用「すみません、ちょっ
　　　と……」（不好意思，有點……）來表達會比較好。

五、やってみよう

● 問題 1.

從①～④之中選出正確答案填入（　　　　）裡。

1. いちにちに　3かい　くすりを　（　　　　）　ください。

　　① のみ　　　　② のむ　　　　③ のみて　　　④ のんで

2. ここに　（　　　　）　ください。

　　① すわって　　② すわりて　　③ すわるて　　④ すわて

3. ここに　かばんを　（　　　　　）ないで　ください。

①　おか　　　②　おき　　　③　おく　　　④　おけ

4. すみません、その　かばんを　とって　（　　　　　）。

①　くださいですか　　　　　②　くださいでしょうか

③　くださいませんか　　　　④　くださいましょうか

5. その　しんごうを　（　　　　）　ください。

①　まがりて　　②　まがって　　③　まがっで　　④　まがるて

6. おおきい　おとで　おんがくを　（　　　　）　ください。

①　きくないで　②　きかないで　③　ききないで　④　こないで

7. しゅくだいを　（　　　　）　ください。

①　わすれなくて　　　　　②　わすれて

③　わすれないて　　　　　④　わすれないで

8. ここで　（　　　　）　ください。

①　あそばなくて　　　　　②　あそんで

③　あそび　　　　　　　　④　あそばないで

● 問題 2.

將選項①〜④組成句子，並選擇一個放入★的最佳答案。

1. ＿＿＿＿＿　＿★＿＿　＿＿＿＿＿　＿　＿　ください。

①　おおきく　　②　かいて　　③　ここ　　　④　に

2. すぐ　＿＿＿＿＿　＿＿＿＿＿　＿★＿＿　＿　＿　ください。

①　もう　　　　　　　　　②　おわりますから

③　まって　　　　　　　　④　すこし

3. はを ＿＿＿＿ ＿★＿ ＿＿＿＿ ＿＿＿＿ ください。

① ものを ② から ③ たべないで ④ みがいて

4. にほんごが ＿＿＿＿ ＿★＿ ＿＿＿＿ ＿＿＿＿ ください。

① はなして ② から ③ ゆっくり ④ わかりません

5. こんばんは ＿＿＿＿ ＿＿＿＿ ＿★＿ ＿＿＿＿ ください。

① はいら ② に ③ おふろ ④ ないで

● 讀解問題

從①～④之中選出正確答案填入（　　　　）裡。

A：「せんせい、おはよう　ございます。」

B：「あら、林さん、おはよう。」

A：「あのう、すみません、この　にほんごを　おしえて　ください
（　A　）。」

B：「これですか。いいですよ。でも、いまは　（　B　）　じゅぎょうで
すから、じかんが　ありませんね。（　C　）、じゅぎょうが　おわっ
た　あと（　D　）、じむしょへ　きて　ください。」

A：「わかりました。」

B：「（　E　）ないで　くださいよ。きょうは　はやく　かえらなければ
なりませんから。」

A：「はい。」

A. ① ましたか ② ましょうか ③ ませんか ④ ましょう

B. ① それから ② これから ③ あれから ④ そして

C. ① でも　　　② そして　　　③ けど　　　④ じゃ

D. ① に　　　② から　　　③ で　　　④ の

E. ① おくれ　　　② おくれて　　　③ おくれる　　　④ おく

「やってみよう」解答

問題 1.

1	2	3	4	5	6	7	8
④	①	①	③	②	②	④	④

1. 1日に3回薬を（④飲んで）ください。　一天請服用三次藥。

2. ここに（①座って）ください。　請坐在這裡。

3. ここにかばんを（①置か）ないでください。　請不要在這裡放包包。

4. すみません、そのかばんを取って（③くださいませんか）。
   不好意思，能否幫我拿那個包包呢？

5. その信号を（②曲がって）ください。　請在這個紅綠燈轉彎。

6. 大きい音で音楽を（②聞かないで）ください。　請不要大聲地聽音樂。

7. 宿題を（④忘れないで）ください。　請不要忘記寫作業。

8. ここで（④遊ばないで）ください。　請不要在這裡玩。

問題 2.

1	2	3	4	5
④	④	②	②	①

1. ここ に 大きく 書いて ください。　請大大地寫在這裡。
　　　★

2. すぐ　終わりますから、もう　少し　待って　ください。
　　　　　　　　　　　　　　　★

馬上就結束了，請再稍等一下。

3. 歯を　磨いて　から　物を　食べないで　ください。
　　　　　　　　★

刷完牙請不要吃東西。

4. 日本語が　分かりません　から　ゆっくり　話して　ください。
　　　　　　　　　　　　　　　★

因為不懂日文，請説慢一點。

5. 今晩は　お風呂　に　入ら　ないで　ください。　今晩請不要洗澡。
　　　　　　　　　　　★

讀解問題

A	B	C	D	E
③	②	④	③	①

A：「先生、おはようございます。」　A：「老師，早安。」

B：「あら、林さん、おはよう。」　B：「啊！林同學，早安。」

A：「あのう、すみません、この日本語を教えてください（A.③ませんか）。」

A：「那個，不好意思，能否請您教我這個日文呢？」

B：「これですか。いいですよ。でも、今は（B.②これから）授業ですから、時間がありませんね。（C.④じゃ）、授業が終わったあと（D.③で）、事務所へ来てください。」

B：「這個嗎？好啊！但是，因為現在接下來有課，沒有時間呢。那麼，上完課後，請來辦公室。」

A：「分かりました。」　A：「知道了。」

Ｂ：「（Ｅ.①遅れ）ないでくださいよ。今日は早く帰らなければなりませんか

　　　ら。」

Ｂ：「請不要遲到喔！因為今天必須早點回家。」

Ａ：「はい。」　Ａ：「好的。」

第八單元　許可・禁止・義務・不必要

一、～ても　いいですか。

意思：～也可以嗎？

説明：用來徵求許可。説話者對自己想做的事情，詢問他人是否同意、徵求
　　　對方許可的表現。

接續：動詞（て形）＋も　いいですか。

例句：

- もう　帰っても　いいですか。　　　　已經可以回家了嗎？
- この　辞書を　使っても　いいですか。　可以使用這本字典嗎？
- ここに　車を　止めても　いいですか。　可以把車子停在這裡嗎？

二、～ては　いけません。

意思：不可以～；～的話不行。

説明：表示禁止違反法律、規則。

接續：動詞（て形）＋は　いけません。

例句：

- A：「図書館で　飲み物を　飲んでも　いいですか。」
  A：「不好意思，在圖書館可以喝飲料嗎？」
  B：「いいえ、飲んでは　いけません。」
  B：「不行，禁止喝東西。」

244

- テストは　鉛筆<ruby>鉛筆<rt>えんぴつ</rt></ruby>で　<ruby>書<rt>か</rt></ruby>いては　いけません。　考試不能用鉛筆書寫。

- この　レストランで　たばこを　<ruby>吸<rt>す</rt></ruby>っては　いけません。
在這家餐廳不可以抽菸。

注意

（一）此句型表示禁止他人去做某動作。

（二）主觀禁止對方的行為時，也可以使用「～ては　いけません。」，但不可對長輩或
　　　地位較高的人使用。此時，一般會改用「すみません、ちょっと……。」（不好意
　　　思，有點……）來委婉地表達。

例句：

- <ruby>陳<rt>ちん</rt></ruby>：「すみません、これ、<ruby>使<rt>つか</rt></ruby>っても　いいですか。」
陳：「不好意思，可以使用這個嗎？」
- <ruby>林<rt>りん</rt></ruby>：×「いいえ、<ruby>使<rt>つか</rt></ruby>っては　いけません。」　「不，不可以使用。」

　　　○「すみません、ちょっと……。」　　　「不好意思，有點……。」

三、～なければ　なりません。

意思：不～不行。

説明：表示某個行為是義務或必要。

接續：動詞（ない形）去い＋ければ　なりません。

例句：

- <ruby>明日<rt>あした</rt></ruby>は　<ruby>大切<rt>たいせつ</rt></ruby>な　<ruby>試験<rt>しけん</rt></ruby>が　あるから、<ruby>今日<rt>きょう</rt></ruby>は　<ruby>勉強<rt>べんきょう</rt></ruby>しなければ　なり
ません。
因為明天有重要的考試，今天不唸書不行。
- <ruby>1日<rt>いちにち</rt></ruby>に　<ruby>3回<rt>さんかい</rt></ruby>　<ruby>薬<rt>くすり</rt></ruby>を　<ruby>飲<rt>の</rt></ruby>まなければ　なりません。
一天不吃三次藥不行。

- この　宿題は　来週までに　出さなければ　なりません。
   這個作業，下週前不交不行。

> 注意　「～なければ　なりません」與「～なければ　いけない」的意思、使用方法都
>　　　一樣。

例句：

- 今週の　週末　残業しなければ　なりません。
   這禮拜的週末不加班不行。
- これから　子供を　迎えに　行かなければ　いけません。
   接下來不去接小孩不行。

四、～なくても　いいです。

意思：不～也可以；不～也沒關係。

説明：表示沒有做某件事的必要。容許不做某事的意思。

接續：動詞（ない形）去い＋くても　いいです。

例句：

- 今日は　来なくても　いいですよ。　　今天不來也沒關係喔。
- 住所は　書かなくても　いいです。　　地址不寫也沒關係。
- 明日は　休みですから、仕事を　しなくても　いいです。
   因為明天休息，所以不工作也沒關係。

五、やってみよう

● 問題 1.

從①～④之中選出正確答案填入（　　　　）裡。

1. ここで　たばこを　（　　　　）は　いけません。
　　① すう　　　　② すって　　　③ すった　　　④ すい

2. テレビを　みながら、ごはんを　（　　　）　いけませんよ。
　　① たべて　　　② たべては　　③ たべる　　　④ たべるは

3. きょうは　しゅくだいが　ありませんから、（　　　）なくても
　　いいです。
　　① する　　　　② して　　　　③ し　　　　④ す

4. びょういんの　なかで　おおきい　こえで　（　　　）　いけません。
　　① はなすては　　　　　　　② はなしては
　　③ はなさなくても　　　　　④ はなさないでは

5. レストランへ　いきますから、ばんごはんを　（　　　）なくても
　　いいです。
　　① つくって　② つくり　　③ つくる　　④ つくら

6. じかんが　ありませんから、（　　　　）なければ　なりません。
　　① いそいで　② いそが　　③ いそぐ　　④ いそぎ

7. きょうは　こどもの　たんじょうびですから、すぐ　（　　　）なけ
　　れば　なりません。
　　① かえりて　② かえる　　③ かえって　　④ かえら

247

8. ほかの　ひとの　しけんを　（　　　　）は　いけません。

① み　　　　　② みって　　　　③ みて　　　　　④ みない

● 問題 2.

將選項①～④組成句子，並選擇一個放入★的最佳答案。

1. おさけを ＿＿＿＿ ＿★＿ ＿＿＿＿ ＿＿＿＿ 。

① のみました　　　　　　② いけません

③ から　　　　　　　　④ うんてんしては

2. もう ＿＿＿＿ ＿＿＿＿ ＿★＿ ＿＿＿＿ なくても　いいです。

① くすりを　② げんきに　③ のま　　　④ なりましたから

3. くらい ＿＿＿＿ ＿★＿ ＿＿＿＿ ＿＿＿＿ いけません。

① ほんを　　② で　　　③ ところ　　④ よんでは

4. ＿＿＿＿ ＿＿＿＿ ＿★＿ ＿＿＿＿ なければ　なりません。

① も　　　　② はらわ　　③ おかねを　④ こども

5. きょうは ＿★＿ ＿＿＿＿ ＿＿＿＿ ＿＿＿＿ は　いけません。

① そとに　　　　　　　② ふって　いますから

③ いって　　　　　　　④ あめが

6. こどもが ＿＿＿＿ ＿★＿ ＿＿＿＿ ＿＿＿＿

いけません。

① ねて　います　　　　② はなしては

③ おおきい　　　　　　④ こえで

⑤ から

● 讀解問題

從①～④之中選出正確答案填入（　　　　）裡。

　　わたしの　りょうしんは　げつようびから　きんようびまで　とても
いそがしいです。わたしは　がっこうが　（　A　）から、ばんごはんを
つくったり、そうじを　したり　しなければ　なりません。（　B　）
じぶんの　じかんが　ありません。どようびと　にちようび、わたしは
じゆう（　C　）　じかんが　たくさん　あります。すきな　テレビを
みたり、ほんを　よんだり　しても　いいです。（　D　）、りょうしん
は　とても　（　E　）ですから、ながい　じかん　テレビを　みたり、
けいたいでんわを　つかったり　しては　いけません。それから、しゅく
だいも　たくさん　ありますから、べんきょうしなければ　なりません。

A.　①　おわります　　　　　　　②　おわった

　　③　おわって　　　　　　　　④　おわらない

B.　①　あまり　　　②　とても　　③　すこし　　④　たくさん

C.　①　の　　　　　②　に　　　　③　で　　　　④　な

D.　①　が　　　　　②　そして　　③　じゃ　　　④　しかし

E.　①　むずかしい　②　きびしい　③　すずしい　④　たいへん

「やってみよう」解答

問題 1.

1	2	3	4	5	6	7	8
②	①	③	②	④	②	④	③

1. ここでたばこを（②吸って）はいけません。這裡不能抽菸。

2. テレビを見ながら、ごはんを（①食べて）いけませんよ。
   不可以一邊看電視，一邊吃飯喔。

3. 今日は宿題がありませんから、（③し）なくてもいいです。
   因為今天沒有作業，不做也可以。

4. 病院の中で大きい声で（②話しては）いけません。
   不能在醫院裡大聲說話。

5. レストランへ行きますから、晩ごはんを（④作ら）なくてもいいです。
   因為要去餐廳，所以晚餐不做也沒關係。

6. 時間がありませんから、（②急が）なければなりません。
   因為沒有時間了，所以不趕快不行。

7. 今日は子供の誕生日ですから、すぐ（④帰ら）なければなりません。
   今天是孩子的生日，所以不立刻回家不行。

8. 他の人の試験を（③見て）はいけません。
   不可以看別人的考卷。

問題 2.

1	2	3	4	5	6
③	①	②	③	④	⑤

1. お酒を　飲みました　から、運転しては　いけません。
   　　　　　　　　★
   因為喝了酒，所以不能開車。

2. もう　元気に　なりましたから、薬を　飲まなくても　いいです。
   　　　　　　　　　　　　★
   因為已經康復，所以不吃藥也沒關係。

3. 暗い　所　で　本を　読んでは　いけません。
   　　　　★
   不可以在黑暗處讀書。

4. <u>子供</u>　<u>も</u>　<u>お金を</u>　<u>払わ</u>　なければなりません。
　　　　　　　　　　★

　小孩也非付錢不可。

5. <u>今日は</u>　<u>雨が</u>　<u>降っています</u>から、<u>外に</u>　<u>行って</u>　はいけません。
　　　　　　　★

　因為今天下雨，所以不能出去外面。

6. <u>子供が</u>　<u>寝ています</u>　<u>から</u>、<u>大きい</u>　<u>声で</u>　<u>話しては</u>　いけません。
　　　　　　　　　　★

　因為孩子正在睡，所以不可以大聲説話。

讀解問題

A	B	C	D	E
③	①	④	④	②

　私の両親は月曜日から金曜日までとても忙しいです。私は学校が (A. ③終わって) から、晩ごはんを作ったり、掃除をしたりしなければなりません。(B. ①あまり) 自分の時間がありません。土曜日と日曜日、私は自由 (C. ④な) 時間がたくさんあります。好きなテレビを見たり、本を読んだりしてもいいです。(D. ④しかし)、両親はとても (E. ②厳しい) ですから、長い時間テレビを見たり、携帯電話を使ったりしてはいけません。それから、宿題もたくさんありますから、勉強しなければなりません。

　我的父母從星期一到星期五都非常忙。我放學後，非得做晚飯、打掃不可。不太有自己的時間。星期六和星期日，我有很多自由時間。可以看喜歡的電視、讀喜歡的書。但是，因為我父母都非常嚴格，因此不能長時間看電視、用手機。而且，因為有很多作業，所以不讀書不行。

第九單元 | 〜たり　〜たり　する・ 〜た　ことが　あります

一、〜たり　〜たり　します。

意思：做〜、做〜等等。

説明：表示兩組（或以上）動作的列舉，暗示除此之外還有其他動作。

接續：動詞（た形）＋り……。

例句：

- 休みの　日は　家で　テレビを　見たり　本を　読んだり　して
  います。
  假日在家裡看看電視、讀讀小説等等。

- 日本で　買い物を　したり　おいしい　ものを　食べたり　したいです。
  想在日本買買東西、吃吃美食等等。

- 母が　病気ですから、ごはんを　作ったり　掃除したり　しなければ
  なりません。
  因為媽媽生病，所以必須做做飯、打打掃等等。

注意　「たり」所列舉的動作不是同時進行的，也沒有順序的問題。

二、〜た　ことが　あります。

意思：曾經〜。

説明：以前有過的經驗。

接續：動詞（た形）＋ことがあります。

例句：

- 富士山（ふじさん）に　登（のぼ）った　ことが　あります。　曾爬過富士山。

- 相撲（すもう）を　見（み）た　ことが　あります。　　曾看過相撲。

- スキーを　した　ことが　ありません。　不曾滑過雪。

注意

（一）此句型只用來表示比較少見的經驗，不可使用在理所當然的事情上。

例句：

- × テレビを　見（み）た　ことが　あります。　曾看過電視。
- → ○ テレビを　見（み）ました。　看了電視。
- ○ A歌手（かしゅ）を　見（み）た　ことが　あります。　曾看過A歌手。

（二）被進行的動作，必須經過一段時間。

例句：

- × 先週（せんしゅう）　富士山（ふじさん）に　登（のぼ）った　ことが　あります。
  上禮拜爬過富士山。
- → ○ 先週（せんしゅう）　富士山（ふじさん）に　登（のぼ）りました。　上禮拜爬了富士山。
- ○ 3年前（さんねんまえ）に　富士山（ふじさん）に　登（のぼ）った　ことが　あります。
  三年前爬過富士山。

三、やってみよう

● 問題 1.

従①～④之中選出正確答案填入（　　　　）裡。

1. やすみの　ひは　ほんを　（　　　　）　おんがくを　きいたり　します。

   ① よみしたり　　　　　　　② よみたり

   ③ よんだり　　　　　　　　④ よむだり

2. ピアノを　（　　　　）　ことが　あります。

   ① ならった　　　　　　　　② わかった

   ③ べんきょうした　　　　　④ おぼえた

3. にちようび　ともだちと　えいがを　（　　　　）り　かいものを

  （　　　　）りします。

   ① みる・する　　　　　　　② みた・した

   ③ みっ・しっ　　　　　　　④ みて・して

4. ひこうきに　（　　　　）　ことが　ありません。

   ① のる　　　② のった　　　③ のり　　　④ のって

5. フランスへ　（　　　　）　ことが　あります。

   ① いった　　② いき　　　③ いきた　　④ いって

6. コーヒーを　（　　　　）り、はなしを　（　　　　）り　しましょう。

   ① のんだり・した　　　　　② のんで・して

   ③ のむ・する　　　　　　　④ のみ・し

7. ゆきを　（　　　　）　ことが　ありません。

   ① みった　　② みた　　　③ みる　　　④ みて

● 問題2.

將選項①～④組成句子，並選擇一個放入★的最佳答案。

1. にほんへ　いって　おみやげ ＿＿＿＿＿ ＿★＿＿ ＿＿＿＿＿ ＿＿＿＿＿
   です。
   ① したい　　　　　　　　② かったり
   ③ かんこうしたり　　　　④ を

2. せんしゅうの　にちようびは　はなの ＿＿＿＿＿ ＿＿＿＿＿ ＿＿★＿＿
   ＿＿＿＿＿ しました。
   ① えを　　　② かいたり　　③ しゅくだいを　　④ したり

3. としょかん ＿＿＿＿＿ ＿＿★＿＿ ＿＿＿＿＿ ＿＿＿＿＿ しては
   いけません。
   ① はなしたり　② で　　　　③ おおきいこえ　④ で

4. ははは ＿＿＿＿＿ ＿＿＿＿＿ ＿＿＿＿＿ ＿＿★＿＿ あります。
   ① が　　　　② にほんで　③ はたらいた　　　④ こと

● 讀解問題

從①～④之中選出正確答案填入（　　　　）裡。

　わたしは　にほんが　だいすきです。でも、（　A　）　にほんへ　いった
ことが　ありません。わたしの　あねは、むかし　にほんで　はたらいて
いて、3ねんぐらい　すんで　いた　ことが　あります。わたしも　だい
がく（　B　）　そつぎょうしたら、にほんへ　（　C　）、にほんの　か
いしゃで　はたらきたいです。（　D　）、いま、にほんごを　べんきょう
（　E　）、アルバイト（　E　）して、がんばって　います。

A. ① いちど ② いちども ③ なんかいも ④ よく
B. ① に ② で ③ の ④ を
C. ① いって ② いき ③ いいて ④ いく
D. ① それから ② これから ③ ですから ④ いまから
E. ① したり・したり ② しったり・しったり
③ しって・しって ④ するたり・するたり

「やってみよう」解答

問題1.

1	2	3	4	5	6	7
③	①	②	②	①	①	②

1. 休みの日は本を（③読んだり）音楽を聞いたりします。
   休假時，會讀讀書啊、聽聽音樂等等。

2. ピアノを（①習った）ことがあります。 曾經學過鋼琴。

3. 日曜日友達と映画を（②見た）り買いものを（②した）りします。
   週日，會和朋友看看電影、還有買買東西等等。

4. 飛行機に（②乗った）ことがありません。 不曾搭過飛機。

5. フランスへ（①行った）ことがあります。 不曾去過法國。

6. コーヒーを（①飲んだ）り、話を（①した）りしましょう。
   喝喝咖啡、聊聊天吧。

7. 雪を（②見た）ことがありません。 不曾看過雪。

問題2.

1	2	3	4
②	③	③	①

1. 日本へ　行って　お土産　を　買ったり　観光したり　したい　です。
★

去日本想買買土産、觀光等等。

2. 先週の　日曜日は　花の　絵を　書いたり　宿題を　したり　しました。
★

上週日畫了花的畫、寫了作業等等。

3. 図書館　で　大きい声　で　話したり　しては　いけません。
★

在圖書館不能大聲說話等等。

4. 母は　日本で　働いた　こと　が　あります。　媽媽曾在日本工作過。
★

讀解問題

A	B	C	D	E
②	④	①	③	①

　私は日本が大好きです。でも、（A.②一度も）日本へ行ったことがありません。私の姉は、昔日本で働いていて、3年ぐらい住んでいたことがあります。私も大学（B.④を）卒業したら、日本へ（C.①行って）、日本の会社で働きたいです。（D.③ですから）、今、日本語を勉強（E.①したり）、アルバイト（E.①したり）して、頑張っています。

　我非常喜歡日本。但是，一次也沒去過日本。我的姊姊，以前曾在日本工作過，住了三年左右。我也想在大學畢業後去日本，在日本的公司工作。所以，現在，正努力學習日文、打工等等。

第十單元　提案

一、～た　ほうが　いいです。

意思：～這樣做比較好。

説明：表示建議或勸告。

接續：動詞（た形）＋ほうが　いい。

例句：

- 体に　悪いですから、早く　寝た　ほうが　いいですよ。
  因為身體不舒服，早點睡會比較好喔。
- 病院へ　行った　ほうが　いいですよ。
  去醫院比較好喔。
- 野菜や　果物を　たくさん　食べた　ほうが　いいですよ。
  吃多一點蔬菜和水果比較好喔。

二、～ない　ほうが　いいです。

意思：最好不要～；不要～比較好。

説明：表示建議或勸告。

接續：動詞（ない形）＋ほうが　いい。

例句：

- 外は　寒い　ですから、今日は　出かけない　ほうが　いいです。
  由於外面很冷，今天不出門會比較好。

- 甘い　ものは　あまり　食べない　ほうが　いいですよ。

  甜食不要吃太多比較好喔。

- ここは　病院ですから、大きい　声で　話さない　ほうが　いいです
  よ。

  因為這裡是醫院，別大聲說話會比較好喔。

注意　以上兩個句型皆用於給對方建議或勸告時，所以不可以使用在輩份、年紀或地位
比自己高的人身上。

三、やってみよう

● 問題 1.

從①～④之中選出正確答案填入（　　　）裡。

1. あしたは　しけんですから、はやく　（　　　）　ほうが　いいですよ。

   ①　ねて　　　　②　ねた　　　　③　ねない　　　④　ねって

2. ねつが　たかいですから、むりを　（　　　）　ほうが　いいです。

   ①　しない　　②　しなくて　　③　しないで　　④　しないの

3. しょくじの　まえに、すこし　べんきょう（　　　）　ほうが　いい
   ですよ。

   ①　するの　　②　した　　　　③　して　　　　④　の

4. あまり　たばこを　（　　　）　ほうが　いいですよ。

   ①　すわない　②　すわないの　③　すわないで　④　すわなくて

5. にくだけじゃ　なくて、やさいも　（　　　）　ほうが　いいで
   す。

   ①　たべるの　②　たべて　　　③　たべない　　④　たべた

將選項①～④組成句子，並選擇一個放入★的最佳答案。

1. きょうは ＿＿＿＿ ★ ＿＿＿＿ ＿＿＿＿ ほうが　いいです。

　　①　べんきょうした 　　　　　②　はやく

　　③　おきて 　　　　　　　　　④　しけんですから

2. あぶないです ＿＿＿＿ ＿＿＿＿ ★ ＿＿＿＿ いいです。

　　①　から 　　②　そこに 　　③　ほうが 　　④　はいらない

3. この ＿＿★＿＿ ＿＿＿＿ ＿＿＿＿ ＿＿＿＿ ほうが　いいです。

　　①　せんせいに 　　　　　　②　むずかしいですから

　　③　もんだいは 　　　　　　④　きいた

4. もう ＿＿＿＿ ＿＿＿＿ ★ ＿＿＿＿ ほうが　いいです。

　　①　かえった 　②　うちへ 　③　はやく 　④　おそいですから

● 讀解問題

從①～④之中選出正確答案填入（　　　　）裡。

　わたしの　ちちは　（　A　）　70さいです。としを　とってから、ちちは　（　B　）うんどうを　したり、そとへ　でかけたり　しないで、いつも　いえに　います。まいばん　ごはんの　ときは　テレビを　みながら　おさけを　のんで　います。さいきんは　よく　（　C　）と　いいますから、わたしたちは　いつも　ちちに　「あまり　おさけを　（　D　）　ほうが　いいよ。」「ときどき　そとへ　さんぽや　かいものに　いった　ほうが　いいよ。」と　いって　いますが、ちちは　ぜんぜん　はなしを　ききません。とても　（　E　）です。

A. ① きっと　　　② つぎ　　　③ また　　　④ もう

B. ① あまり　　　② よく　　　③ すこし　　④ まだ

C. ① からだの　ちょうしが　よくない

　　② おさけは　おいしい

　　③ どこかへ　いきたい

　　④ かぞくは　たいせつだ

D. ① のむ　　　　② のんだ　　③ のまない　④ のんで

E. ① むずかしい　② つよい　　③ ちゅうい　④ しんぱい

「やってみよう」解答

問題 1.

1	2	3	4	5
②	①	②	①	④

1. 明日は試験ですから、早く（②寝た）ほうがいいですよ。
   因為明天考試，所以早點睡比較好喔。

2. 熱が高いですから、無理を（①しない）ほうがいいです。
   因為燒發得有點高，還是不要勉強比較好。

3. 食事の前に、少し勉強（②した）ほうがいいですよ。
   吃飯前，稍微讀一下書比較好喔。

4. あまりたばこを（①吸わない）ほうがいいですよ。
   不要抽菸比較好喔。

5. 肉だけじゃなくて、野菜も（④食べた）ほうがいいです。
   不只是肉，蔬菜也要吃比較好。

問題 2.

1	2	3	4
②	④	③	②

1. 今日は　試験ですから　早く　起きて　勉強した　ほうがいいです。
　　　　　　　　　　　　　★

　　因為今天考試，早一點起床讀書比較好。

2. 危ないです　から　そこに　入らない　ほうが　いいです。
　　　　　　　　　　　　　★

　　因為危險，那邊不要進去比較好。

3. この　問題は　難しいですから　先生に　聞いた　ほうがいいです。
　　　　　★

　　因為這個問題很難，所以問老師比較好。

4. もう　遅いですから　早く　うちへ　帰った　ほうがいいです。
　　　　　　　　　　　　　★

　　因為已經晚了，快回家比較好。

讀解問題

A	B	C	D	E
④	①	①	③	④

　　私の父は（A.④もう）７０歳です。年を取ってから、父は（B.①あまり）運動をしたり、外へ出かけたりしないで、いつも家にいます。毎晩、ごはんの時はテレビを見ながらお酒を飲んでいます。最近はよく（C.①体の調子がよくない）と言いますから、私たちはいつも父に「あまりお酒を（D.③飲まない）ほうがいいよ。」「時々外へ散歩や買い物に行ったほうがいいよ。」と言っていますが、父は全然話を聞きません。とても（E.④心配）です。

我的爸爸已經七十歲。爸爸因為年紀大，不太運動或出門，總是在家。每天晚上，吃飯時總是一邊看電視一邊喝酒。因為最近經常說身體不好，我們總是跟爸爸說：「少喝點酒比較好。」、「偶爾出去散步或買買東西比較好。」但是爸爸完全不聽。非常擔心。

一、「丁寧形」（敬體）與「普通形」（常體）之區別

相對於「丁寧形」（敬體），沒有「です・ます」的形態稱為「普通形」（常體）。

例句：

丁寧形的句子	普通形的句子	中文意思
毎日（まいにち）　7時（しちじ）に　起（お）きます。	毎日（まいにち）　7時（しちじ）に　起（お）きる。	每天七點起床。
今日（きょう）は　寒（さむ）いです。	今日（きょう）は　寒（さむ）い。	今天很冷。
ここは　静（しず）かです。	ここは　静（しず）かだ。	這裡很乾淨。
私（わたし）は　台湾人（たいわんじん）では ありません。	私（わたし）は　台湾人（たいわんじん）じゃ ない。	我不是台灣人。

二、各種詞性的「普通形」（常體）整理

（一）動詞

	動詞	現在肯定形（辭書形）	現在否定形（ない形）	過去肯定形（た形）	過去否定形
第一類	書（か）きます	書（か）く	書（か）かない	書（か）いた	書（か）かなかった
	あります	ある	ない	あった	なかった

	動詞	現在肯定形 （辭書形）	現在否定形 （ない形）	過去肯定形 （た形）	過去否定形
第二類	見ます	見る	見ない	見た	見なかった
第三類	します	する	しない	した	しなかった
	きます	くる	こない	きた	こなかった

（二）名詞、形容詞

		動詞	現在肯定形 （辭書形）	現在否定形 （ない形）	過去肯定形 （た形）	過去否定形
い形容詞		大きいです	大きい	大きく　ない	大きかった	大きく なかった
		いいです	いい	よく　ない	よかった	よく　なかった
な形容詞		静かです	静かだ	静かじゃ ない	静かだった	静かじゃ なかった
名詞		学生です	学生だ	学生じゃ ない	学生だった	学生じゃ なかった

（三）句尾的普通體

丁寧形	普通形	中文意思
食べたいです	食べたい	想吃
食べて　ください	食べて	請吃
食べて　います	食べて　いる	正在吃
食べても　いいです	食べても　いい	吃也沒關係

丁寧形	普通形	中文意思
食べなければ　なりません	食べなければ　ならない	不吃不行
食べなければ　いけないです	食べなければ　いけない	必須吃
食べなくても　いいです	食べなくても　いい	不吃也沒關係
食べた　ことが　あります	食べた　ことが　ある	有吃過
食べた　ことが　ありません	食べた　ことが　ない	沒吃過
食べる　ことが　できます	食べる　ことが　できる	能夠吃

三、「普通形」（常體）表現之注意事項

（一）普通形的疑問句

　　普通形的疑問句，一般不需要放疑問助詞「か」，而是會在句尾語調上揚，並加上「？」來表達其疑問的語感。只有男性使用時才會加上「か」，來表示疑問。

例句：

- × 　明日　台北へ　行くか。
- ○ 　明日　台北へ　行く？（↗）　明天要去台北嗎？

（二）名詞、な形容詞（現在式肯定形）普通形（常體）的疑問句

　　名詞及な形容詞的普通形（常體）疑問句中，現在式肯定形不需要加「だ」，其他則還是需要。

例句：

- 名詞（現在式肯定形）
  - × 彼は　学生だ？
  - → ○ 彼は　学生？（↗）　他是學生？

例句：

- な形容詞（現在式肯定形）
  - × 明日、暇だ？
  - → ○ 明日、暇？（↗）　明天有空？

（三）針對疑問句回答的方法

　　はい → うん（肯定）

　　いいえ → ううん（否定）

（四）助詞的省略

　　「は、が、を、へ、か」等等的助詞經常會被省略。

例句：

- それは　何ですか。　那是什麼呢？
  - → それ、何？
- ごはんを　食べますか。　要吃飯嗎？
  - → ごはん、食べる？
- 明日、どこへ　行きますか。　明天要去哪裡嗎？
  - → 明日、どこ行く？

- 私は　野菜が　嫌いです。　我討厭蔬菜。
  → 私、野菜、嫌い。

（五）根據句子表現而異的語詞

隨著句子表現及配合語意，使用的語詞也會改變，且其代名詞「僕、俺」（我）也會改變。

例句：

正式用詞	非正式用詞
しかし（但是）・けれども（但是）・〜が（但是）	でも（但是）・けど（但是）
こちら（這裡）・そちら（那裡）・あちら（那裡）・どちら（哪裡）	こっち（這裡）・そっち（那裡）・あっち（那裡）・どっち（哪裡）

四、やってみよう

問題 1.

請將以下句子改寫成普通形。

1. にほんへ　いきたいです。

2. あした　はやく　おきなければ　なりません。

3. かんこくごが　わかりません。

4. この　コンピューターを　かりても　いいですか。

5. すもうを　みた　ことが　ありません。

6. まいにち　ジョギングを　して　います。

7. にほんは　とても　さむかったです。

8. あの　ひとは　せんせいですか。

9. むかし、ここは　にぎやかじゃ　ありませんでした。

10.にほんごは　むずかしいですが、おもしろいです。

● 讀解問題

從①～④之中選出正確答案填入（　　　　　）裡。

8月21日　どようび

　きょうは　かぞくと　やまのぼりを　した。やま（　A　）　のぼるの
は　たいへんだったけど、てんきが　（　B　）、とても　きもちが　よか
った。やまの　うえでは　かぞくと　いっしょに　しゃしんを　とったり、
ははが　つくった　おべんとうを　たべたり　した。やまの　うえで　た
べる　おべんとうは　いつも　（　C　）　おいしいと　おもった。また
（　D　）　みんなで　いきたいなあ。（　E　）

A. ①　が　　　　　　②　に　　　　③　で　　　　④　から

B. ①　あかるくて　②　いいで　　③　はれから　④　よくて

C. ①　より　　　　　②　もう　　　③　もっと　　④　から

D. ①　いつでも　　②　いつ　　　③　いつか　　④　いつも

E. ①　いい　てんき　だったから、あつくて　たいへんだった。

　　②　ははは　やまの　うえで　おべんとうを　つくった。

　　③　いつも　ははが　つくるおべんとうは　おいしくない。

　　④　また　かぞくで　やまのぼりを　したいと　おもって　いる。

「やってみよう」解答

問題 1.

1. → 日本へ行きたい。　想去日本。

2. → 明日早く起きなければならない。　明天不早點起床不行。

3. → 韓国語が分からない。　不懂韓文。

4. → このコンピューターを借りてもいい？　可以借這台電腦嗎？

5. → 相撲を見たことがない。　沒有看過相撲。

6. → 毎日ジョギングをして（い）る。　每天慢跑。

7. → 日本はとても寒かった。　日本非常冷。

8. → あの人は先生？　那個人是老師？

9. → 昔、ここは賑やかじゃなかった。　以前這裡並不熱鬧。

10. → 日本語は難しいけど、面白い。　日文雖然難，但是有趣。

讀解問題

A	B	C	D	E
②	④	①	③	④

8 月 21 日　土曜日

　　今日は家族と山登りをした。山（A. ②に）登るのは大変だったけど、天気が（B. ④良くて）、とても気持ちが良かった。山の上では、家族と一緒に写真を撮ったり、母が作ったお弁当を食べたりした。山の上で食べるお弁当はいつも（C. ①より）おいしいと思った。また（D. ③いつか）みんなで行きたいなあ。（E. ④また家族で山に登りたいと思っている。）

8 月 21 日　星期六

　　今天和家人一起爬山了。雖然爬山很累，但天氣很好，感覺非常舒服。在山上和家人一起拍了相片、吃了母親做的便當。在山上吃的便當感覺比平常還要好吃。希望有一天大家再一起去。想再和家人一起去爬山。

第十二單元 | 可能・名詞化

一、～ことが　できます。

意思：可以、能夠、會做～。

説明：表示擁有實現某個動作或狀態的能力。

接續：

（一）動詞（辭書形）＋ことが　できます。

- 覚える（辭書形）＋ことが　できます
　＝覚える　ことが　できます。
　　記得起來。

例句：

- 陳さんは　フランス語を　話す　ことが　できます。陳先生會説法文。
- この　図書館で　本を　20冊　借りる　ことが　できます。
　這間圖書館可以借二十本書。
- 午後　この　教室を　使う　ことが　できません。
　下午不能使用這間教室。

（二）名詞＋が＋できる。

- ピアノ（名詞）＋が＋できる＝　ピアノが　できる。　會彈鋼琴。

例句：

- 私は　スキーが　できます。　我會滑雪。

- 先生は　タイ語が　できますか。　老師會泰文嗎？
- この　店は　カードで　買い物が　できません。
  這家店不能用信用卡買東西。

注意

1.「Vこと」只能使用在「意志動詞」，以下為「非意志動詞」則不可使用：「分かる」（知道）、「要る」（需要）、「疲れる」（疲累）、「生まれる」（出生）、「曇る」（陰天）、「咲く」（花開）、「降る」（下、落）、「始まる」（開始）、「閉まる」（關閉）、「晴れる」（晴天、放晴）、「かかる」（垂掛）……。

例句：

- ×　あしたは　雨が　降る　ことが　できません。　明天不能下雨。

2.「名詞＋が　できる」裡的名詞，必須是「する動詞」或是「含有動作的名詞」。

二、～こと

意思：～這件事情。

説明：將動詞名詞化。

接續：動詞（辭書形）＋こと

例句：

- 私の　趣味は　映画を　見る　ことです。　我的興趣是看電影。
- 私の　夢は　日本語の　先生に　なる　ことです。
  我的夢想是成為日文老師。
- 食べる　ことが　好きです。　喜歡吃東西。

三、やってみよう

● 問題 1.

從①～④之中選出正確答案填入（　　　　）裡。

1. この　コンピューターは　（　　　　）　ことが　できます。

　　①　つかい　　　②　つかう　　　③　つかえない　④　つかった

2. ははは　にほんごが　（　　　　）。

　　①　でます　　　②　します　　　③　できるです　④　できます

3. ここで　しゃしんを　（　　　　）　ことが　できません。

　　①　とった　　　②　とれ　　　　③　とる　　　　④　とれて

4. わたしの　しゅみは　えを　（　　　　）　ことです。

　　①　かいた　　　②　かく　　　　③　かいて　　　④　かきます

● 問題 2.

將選項①～④組成句子，並選擇一個放入★的最佳答案。

1. なつは ＿＿＿＿ ＿★＿ ＿＿＿＿ ＿＿＿＿ ことが　できます。

　　①　で　　　　②　うみ　　　　③　およぐ　　　④　この

2. なかなか ＿＿＿＿ ＿＿＿＿ ＿★＿ ＿＿＿＿ 。

　　①　できません ②　おぼえる　③　かんじを　④　ことが

3. にもつは ＿＿＿＿ ＿★＿ ＿＿＿＿ ＿＿＿＿ できません。

　　①　もつことが ②　おもいです ③　から　　　④　ひとりで

4. にほんご ＿＿＿＿ ＿＿＿＿ ＿★＿ ＿＿＿＿ ことが できません。

① ことが ありません　　　　② ならった

③ から　　　　　　　　　　　④ はなす

5. しゅみは ＿＿＿＿ ＿＿＿＿ ＿＿＿＿ ＿★＿ です。

① みる　　　② を　　　③ こと　　　④ えいが

● 讀解問題● 讀解問題

從①〜④之中選出正確答案填入（　　　　）裡。

　はじめまして、田中（たなか）えりです。わたしの しゅみは ひとり（ Ａ ）がいこくを （ Ｂ ） ことです。いちばん すきな くには 台湾（たいわん）です。台湾（たいわん）へは （ Ｃ ） きた ことが あります。だいがくの じゅぎょうで ちゅごくごを ならった ことが ありますから、ちゅうごくごを すこし （ Ｄ ） ことが できます。ちゅうごくりょうりも じょうずでは ありません（ Ｅ ）、つくる ことが できます。どうぞ、よろしく おねがいします。

A. ① に　　　　② で　　　　③ を　　　④ から

B. ① りょこう　　　　　　② りょこうした

　　③ りょこうの　　　　　④ りょこうする

C. ① なんかいも　② いちども　③ いつも　④ なんかい

D. ① はなし　　② はなさない　③ はなした　④ はなす

E. ① しかし　　② そして　　③ が　　　④ でも

「やってみよう」解答

問題1.

1	2	3	4
②	④	③	②

1. このコンピューターは（②使う）ことができます。　可以使用這台電腦。
2. 母は日本語が（④できます）。　媽媽會日文。
3. ここで写真を（③撮る）ことができません。　這裡不可以拍照。
4. 私の趣味は絵を（②書く）ことです。　我的興趣是畫畫。

問題2.

1	2	3	4	5
②	④	③	③	③

1. 夏は　この　海　で　泳ぐ　ことができます。　夏天可以在這片海游泳。
　　　　　★

2. なかなか　漢字を　覚える　ことが　できません。　怎麼樣都記不住漢字。
　　　　　　　　　　　　　★

3. 荷物は　重いです　から　1人で　持つことが　できません。
　　　　　　　　　★

　　因為行李太重，沒辦法一個人拿。

4. 日本語を　習った　ことがありません　から　話す　ことができません。
　　　　　　　　　　　　　　　　　　　★

　　因為沒有學習過日文，所以不會説。

5. 趣味は　映画　を　見る　こと　です。　興趣是看電影。
　　　　　　　　　　★

276

讀解問題

A	B	C	D	E
②	④	①	④	③

　はじめまして、田中えりです。私の趣味は1人（A.②で）外国を（B.④旅行する）ことです。一番好きな国は台湾です。台湾へは（C.①何回も）来たことがあります。大学の授業で中国語を習ったことがありますから、中国語を少し（D.④話す）ことができます。中国料理も上手ではありません（E.③が）、作ることができます。どうぞ、よろしくお願いします。

　初次見面，我是田中惠理。我的興趣是一個人到國外旅行。最喜歡的國家是台灣。曾經來過台灣好幾次。因為在大學的課堂上學習過中文，所以會説一點中文。雖然中華料理也不是很擅長，但是會做。請多多指教。

一、～と 言います。

意思：説～。

説明：表示引用自己或他人説過的事物。

接續：普通形＋と言います。

例句：

- 先生は 明日 試験が あると 言いました。 老師説明天有考試。
- 部長は 会議は 2時からだと 言いました。 部長説會議從兩點開始。
- 父は 来週 北海道へ 出張だと 言いました。
  爸爸説下週要去北海道出差。

二、～と 思います。

意思：我想～。

説明：叙述説話者個人的意見、推測及判斷。

接續：普通形＋と 思います。

（私は） **普通形** と 思います。 我想 **普通形**。

┗➤主觀推測、判斷的內容

例句：

- 陳さんは 今日 来ないと 思います。 我想陳先生今天不會來。

- 明日　雨が　降ると　思います。　　　　我想明天會下雨。

- 先生は　３０歳ぐらいだと　思います。　我想老師大概三十歳左右。

三、やってみよう

● 問題 1.

從①〜④之中選出正確答案填入（　　　　）裡。

1. この　くつは　（　　　　）と　おもいます。

 ① きれい　　　　　　　　　② きれいだった

 ③ きれいだ　　　　　　　　④ きれいに

2. 林さんは　あした　がっこうへ　（　　　　）と　いいました。

 ① くない　　　② こない　　　③ きない　　　④ きません

3. 田中さんは　アンさんを　（　　　　）と　いいました。

 ① しって　いない　　　　　② しる

 ③ しらない　　　　　　　　④ しりません

4. にほんの　せいかつに　ついて　（　　）　おもいますか。

 ① どれと　　　② どんなと　　　③ どうと　　　④ どう

5. あの　せんせいは　（　　）と　おもいます。

 ① 台湾じんじゃない　　　　② 台湾じんで

 ③ 台湾じん　　　　　　　　④ 台湾じんです

將選項①～④組成句子，並選擇一個放入★的最佳答案。

1. ＿＿＿＿＿ ＿★＿ ＿＿＿＿＿ ＿＿＿＿＿ おもいます。

   ① と　　　② もう　　　③ かえった　④ せんせいは

2. かれは ＿＿＿＿＿ ＿＿＿＿＿ ＿★＿ ＿＿＿＿＿ おもいます。

   ① と　　　② とても　　③ スポーツが　④ とくいだ

3. ははが ＿★＿ ＿＿＿＿＿ ＿＿＿＿＿ ＿＿＿＿＿ おもいます。

   ① は　　　② おいしいと　③ つくった　④ りょうり

4. あには ＿＿＿＿＿ ＿＿＿＿＿ ＿★＿ ＿＿＿＿＿ いいました。

   ① は　　　② にほんご　③ と　　　④ やくに たつ

5. 林<ruby>りん</ruby>さんは ＿＿＿＿＿ ＿★＿ ＿＿＿＿＿ ＿＿＿＿＿ いいました。

   ① にほんへ　　　　　　② と

   ③ なつやすみに　　　　④ いく

● 讀解問題

A. ～ D. 題，從①～④之中選出正確答案填入（　　　　　）裡。**E.** 題選出最正確的答案。

　あなたは （ A ） せんせいが いい せんせいだと おもいますか。やさしくて おもしろい せんせいですか。しゅくだいを ださない せんせいですか。しけんを しない せんせいですか。このような せんせいが いい せんせいだ（ B ） がくせいが おおいと おもいますが、わたしは そう おもいません。わたしの にほんごの せんせい

は　とても　きびしい　ひとで、じゅぎょうの　とき、あまり　おもしろ
い　ことを　いいません。いつも　しけんや　しゅくだいも　おおいです。
しかし、わたしの　にほんごは　（　C　）　じょうずに　なりました。
いまは　かんたんな　にほんご（　D　）　にほんじんと　かいわが　で
きます。わたしが　おもう　いい　せんせいは、ふだんは　やさしいです
が、じゅぎょうでは　きびしい　せんせいだと　おもいます。

A. ①　どの　　　　　②　どんな　　③　どう　　　④　どちらの
B. ①　けど　　　　　②　とき　　　③　から　　　④　という
C. ①　すぐに　　　　②　たぶん　　③　まだ　　　④　ずっと
D. ①　を　　　　　　②　から　　　③　で　　　　④　に
E. ①　せんせいも　がくせいも　しゅくだいや　しけんが　おおいのは
　　　たいへんです。
　②　いい　せんせいは　いつも　きびしくて、おもしろくない　ひとです。
　③　きびしい　じゅぎょうは　やくに　たちます。
　④　いい　せんせいは　じゅぎょうで　おもしろい　ことを　いっては
　　　いけません。

「やってみよう」解答

問題 1.

1	2	3	4	5
③	②	③	④	①

1. この靴(くつ)は　（③きれいだ）と思(おも)います。　我覺得那雙鞋子很漂亮。

2. 林さんは明日学校へ（②来ない）と言いました。　林同學説明天不來學校。

3. 田中さんはアンさんを（③知らない）と言いました。
   田中先生説他不認識安先生。

4. 日本の生活について（④どう）思いますか。
   關於日本的生活你覺得怎樣呢？

5. あの先生は（①台湾人じゃない）と思います。
   我覺得那位老師不是台灣人。

問題 2.

1	2	3	4	5
②	④	③	④	①

1. 先生は　もう　帰った　と　思います。　我想老師已經回去了。
   　　　　　★

2. 彼は　スポーツが　とても　得意だ　と　思います。
   　　　　　　　　　　　★

   我想他很擅長運動。

3. 母が　作った　料理　は　おいしいと　思います。
   　　　★

   我覺得媽媽做的料理很好吃。

4. 兄は　日本語　は　役に立つ　と　言いました。　哥哥説日文很有用。
   　　　　　　　　　★

5. 林さんは　夏休みに　日本へ　行く　と　言いました。
   　　　　　　　　　　　★

   林先生説暑假的時候要去日本。

讀解問題

A	B	C	D	E
②	④	①	③	③

あなたは（A.②どんな）先生がいい先生だと思いますか。やさしくて、おもしろい先生ですか。宿題を出さない先生ですか。試験をしない先生ですか。このような先生がいい先生だ（B.④という）学生が多いと思いますが、私はそう思いません。私の日本語先生はとても厳しい人で、授業のとき、あまり面白いことを言いません。いつも試験や宿題も多いです。しかし、私の日本語は（C.①すぐに）上手になりました。今は簡単な日本語（D.③で）日本人と会話ができます。私が思ういい先生は、普段は優しいですが、授業では厳しい先生だと思います。

你覺得怎樣的老師是好老師呢？是溫柔又有趣的老師呢？是不出功課的老師呢？還是不考試的老師呢？雖然有很多學生會覺得這樣的老師就是好老師，但是我不這樣認為。我的日文老師是個非常嚴格的人，上課的時候，不太說有趣的話。總是有很多考試和作業。但是，我的日文馬上變得很好了。現在可以用簡單的日文和日本人對話。我認為的好老師，是平常溫柔，但是上課很嚴格的老師。

E.

① 先生も学生も宿題や試験が多いのは大変です。

不管老師或是學生，功課或考試多都很累。

② いい先生はいつも厳しくて、面白くない人です。

好老師總是很嚴格、不有趣的人。

③ 厳しい授業は役に立ちます。　嚴格的上課是有用的。

④ いい先生は授業で面白いことを言ってはいけません。

好老師在上課的時候不能說有趣的話。

第十四單元 | 連體修飾

一、修飾名詞

（一）「い形容詞、な形容詞、名詞」的名詞修飾

い形容詞＋名詞：<ruby>大<rt>おお</rt></ruby>きい＋<ruby>人<rt>ひと</rt></ruby>＝<ruby>大<rt>おお</rt></ruby>きい　<ruby>人<rt>ひと</rt></ruby>

な形容詞＋名詞：きれい＋<ruby>人<rt>ひと</rt></ruby>＝きれい**な**　<ruby>人<rt>ひと</rt></ruby>

名詞＋名詞：<ruby>会社<rt>かいしゃ</rt></ruby>＋<ruby>人<rt>ひと</rt></ruby>＝<ruby>会社<rt>かいしゃ</rt></ruby>**の**　<ruby>人<rt>ひと</rt></ruby>

　　除了像上述單字修飾名詞的情況，還可以用句子來修飾名詞。

（二）動詞句的名詞修飾

　　動詞句修飾名詞時，動詞在名詞前要變成普通形。

例句：

1. 現在式肯定形：
   - <ruby>明日<rt>あした</rt></ruby>　<ruby>来<rt>き</rt></ruby>ます＋<ruby>人<rt>ひと</rt></ruby>＝<ruby>明日<rt>あした</rt></ruby>　**<ruby>来<rt>く</rt></ruby>る**　<ruby>人<rt>ひと</rt></ruby>　　　　　　　明天來的人
2. 現在式否定形：
   - <ruby>明日<rt>あした</rt></ruby>　<ruby>来<rt>き</rt></ruby>ません＋<ruby>人<rt>ひと</rt></ruby>＝<ruby>明日<rt>あした</rt></ruby>　**<ruby>来<rt>こ</rt></ruby>ない**　<ruby>人<rt>ひと</rt></ruby>　　　　明天不來的人
3. 過去式肯定形：
   - <ruby>昨日<rt>きのう</rt></ruby>　<ruby>来<rt>き</rt></ruby>ました＋<ruby>人<rt>ひと</rt></ruby>＝<ruby>昨日<rt>きのう</rt></ruby>　**<ruby>来<rt>き</rt></ruby>た**　<ruby>人<rt>ひと</rt></ruby>　　　　　　昨天來的人
4. 過去式否定形：
   - <ruby>昨日<rt>きのう</rt></ruby>　<ruby>来<rt>き</rt></ruby>ませんでした＋<ruby>人<rt>ひと</rt></ruby>＝<ruby>昨日<rt>きのう</rt></ruby>　**<ruby>来<rt>こ</rt></ruby>なかった**　<ruby>人<rt>ひと</rt></ruby>　昨天沒來的人

5. 其他：

- 今　ごはんを　食べて　います＋人＝今　ごはんを　**食べて　いる**　人

  正在吃飯的人

注意　名詞修飾句中的主語，其助詞會由「は」變成「が」，請注意。

例句：

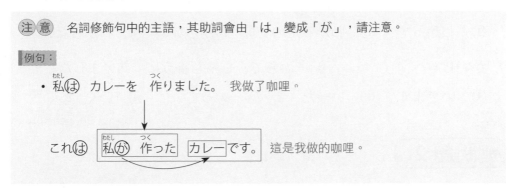

- 私_{わたし}は　カレーを　作_{つく}りました。　我做了咖哩。

  これは　私_{わたし}が　作った　カレーです。　這是我做的咖哩。

二、やってみよう

● 問題1.

從①～④之中選出正確答案填入（　　　　）裡。

1. こんばん　（　　　　　）　おさけは、フランスのです。

   ①　のんだ　　　　　　　　　②　のみますの

   ③　のんで　　　　　　　　　④　のむ

2. これは　わたしが　（　　　　）　くつです。

   ①　いらない　　　　　　　　②　いらないの

   ③　いりません　　　　　　　④　いらなかった

3. らいしゅう　えいがを　みに　（　　　　）　ひとは　いますか。

   ①　いくの　　　②　いく　　　③　いって　　　④　いきますの

4. いちばん　（　　　　）　しごとは　なんですか。

   ①　たいへん　　②　たいへんな　③　たいへんだ　④　たいへんの

第十四單元　連體修飾

285

5. それは　きょねん　にほんで　（　　　　）　カメラです。

① かった　　　② かう　　　　③ かいた　　　④ かいます

6. （　　　　）　もんだいは、せんせいに　ききます。

① わかって　　② わかったの　③ わからない　④ わからないの

7. かいしゃへ　（　　　　）　みちで、しゃちょうに　あいました。

① いきます　　② いった　　　③ いって　　　④ いく

● 問題 2.

将選項①～④組成句子，並選擇一個放入★的最佳答案。

1. あまり ＿＿＿＿ ★ ＿＿＿＿ ＿＿＿＿ です。

① うるさくない　　　　　② ひと

③ すき　　　　　　　　④ が

2. きのう ＿＿＿＿ ＿＿＿＿ ★ ＿＿＿＿ うって　いません。

① もらった　　　　　　② にほんでは

③ パソコンは　　　　　④ あにが

3. けさ ＿＿＿＿ ＿＿＿＿ ★ ＿＿＿＿ かいしゃに　きました。

① が　　　　　　　　　② はなせない

③ にほんご　　　　　　④ がいこくじんが

4. 林さんは ＿＿＿＿ ★ ＿＿＿＿ ＿＿＿＿ です。

① けっこんして　　　　② まだ

③ せんせい　　　　　　④ いない

5. ＿＿＿＿ ＿＿＿＿ ★ ＿＿＿＿ は　だれですか。

① ひと　　② あかい　　③ きている　　④ セーターを

● 讀解問題

從①～④之中選出正確答案填入（　　　　）裡。

　すもうは　いままで　テレビで（　A　）　みた　ことが　ありません
でしたが、きのう　はじめて　とうきょうに　（　B　）　両国国技館で
すもうを　みました。

　力士は　テレビで　みるより　（　C　）　おおきかったです。モンゴ
ルや　ブラジルなど　いろいろ（　D　）　くにから　きた　がいこくじ
ん力士も　たくさん　いて、がんばって　いました。チケットは　とても
たかかったですが、（　E　）。

A. ① だけ　　　　② もう　　③ まだ　　　④ しか

B. ① ある　　　　② あって　③ あるの　　④ いるの

C. ① きっと　　　② もう　　③ ずっと　　④ たくさん

D. ① の　　　　　② で　　　③ に　　　　④ な

E. ① テレビで　みた　ほうが　いいと　おもいました。

　② わすれられない　けいけんに　なりました。

　③ おかねが　なくなって　しまいました。

　④ わたしも　やって　みたいです。

「やってみよう」解答

問題 1.

1	2	3	4	5	6	7
④	①	②	②	①	③	④

1. 今晩（④飲む）お酒は、フランスのです。 今晚要喝的酒是法國的。

2. これは私が（①要らない）靴です。 這雙是我不要的鞋子。

3. 来週映画を見に（②行く）人はいますか。 有人下週要去看電影嗎？

4. 一番（②大変な）仕事は何ですか。 最辛苦的工作是什麼呢？

5. それは去年日本で（①買った）カメラです。 那是去年在日本買的相機。

6. （③分からない）問題は、先生に聞きます。 不懂的問題，要問老師。

7. 会社へ（④行く）道で、社長に会いました。 在上班的路上，遇到了社長。

問題 2.

1	2	3	4	5
②	③	②	①	③

1. あまり　うるさくない　人　が　好きです。 喜歡不吵的人。
   ★

2. 昨日　兄が　もらった　パソコンは、日本では　売っていません。
   ★

   昨天哥哥收到的個人電腦，在日本沒有賣。

3. 今朝　日本語　が　話せない　外国人が　会社に来ました。
   ★

   今天早上有位不會説日文的外國人來到了公司。

4. 林さんは　まだ　結婚して　いない　先生　です。
   ★

   林先生是還沒結婚的那位老師。

5. 赤い　セーターを　着ている　人　は誰ですか。
   ★

   穿著紅色毛衣的人是誰呢？

288

讀解問題

A	B	C	D	E
④	①	③	④	②

相撲は今までテレビで（A. ④しか）見たことがありませんでしたが、昨日初めて東京に（B. ①ある）両国国技館で相撲を見ました。

力士はテレビで見るより（C. ③ずっと）大きかったです。モンゴルやブラジルなどいろいろ（D. ④な）国から来た外国人力士もたくさんいて、頑張っていました。チケットはとても高かったですが、（E. ②忘れられない経験になりました。）

到現在為止，只有在電視上看過相撲，但是昨天第一次在東京的兩國國技館看了相撲。

相撲選手比在電視上看到的還要大很多。有很多從蒙古和巴西等等各式各樣國家來的外國相撲選手在努力。門票雖然很貴，但成為難忘的經驗。

第十五單元 | 變化

一、〜に　なります。／〜く　なります。

意思：變得〜。

説明：表示狀態自然地變化。

接續：

（一）い形容詞：い形容詞（い）＋く　なります。

大きい＋なります＝大きく　なります。　變大了。

例句：

- 最近、寒く　なりましたね。　最近，變冷了呢。

- まだ　１１月ですから、これから　もっと　寒く　なりますよ。
  才十一月而已，所以之後會變得更冷喔。

- 急に　頭が　痛く　なりました。　頭突然變痛了。

（二）な形容詞：な形容詞＋に　なります。

静か＋なります＝静かに　なります。　變安靜了。

例句：

- ここは　昼は　賑やかですが、夜は　静かに　なります。
  這裡白天雖然很熱鬧，但是晚上就變安靜。

- 娘さん、きれいに　なりましたね。　女兒變漂亮了呢。

- この　歌手は、最近　有名に　なりました。
  這位歌手，最近變得有名了。

（三）名詞：名詞＋になります。

例句：

- 今年、２１歳に　なります。　　　　　　今年即將變成二十一歲。
- 私は　日本語の　先生に　なりたいです。　我想成為日文老師。
- 信号が　赤に　なりました。　　　　　　號誌變紅了。

注意　想表達現在的狀態時，要用過去式「～なりました」。用現在式「～なります」
　　　的話，則表示未來可能的狀態或習慣。

二、～く　します／～に　します。

意思：把～弄（變）成～。

説明：表示隨著主體意志使得狀態發生改變。

接續：い形容詞（去い）＋く＋します。

　　　な形容詞（去な）／名詞＋に＋します。

（一）い形容詞：い形容詞（い）＋く　します。

例句：

- 電気を　暗く　して　ください。　　　　請將電燈調暗。
- この　コーヒーを　甘く　して　ください。　請將這杯咖啡調成甜的。
- もう　少し　安く　して　ください。　　請再便宜一點。

（二）な形容詞：な形容詞＋に　します。

- 静かに　して　ください。　　　　　　　請安靜。
- 部屋を　きれいに　します。　　　　　　把房間弄乾淨。
- テストを　簡単に　して　ください。　　請出簡單的考題。

三、やってみよう

● 問題 1.

從①〜④之中選出正確答案填入（　　　　）裡。

1. さいきん　さむ（　　）　なりました。

   ① から　　　　② に　　　　　③ く　　　　　④ へ

2. もう　すこし　（　　）　して　くださいませんか。

   ① あかるいに　　　　　　② あかるくて

   ③ あかるい　　　　　　　④ あかるく

3. いもうとは　いしゃ（　　）　なりました。

   ① で　　　　② を　　　　　③ に　　　　④ から

4. たくさん　あるきましたから、あしが　（　　）　なりました。

   ① いたくて　　② いたいに　　③ いたく　　　④ いたい

● 問題 2.

將選項①〜④組成句子，並選擇一個放入★的最佳答案。

1. ＿＿＿＿＿　＿＿＿＿＿　★＿＿＿＿　＿＿＿＿　なりました

   ① すき　　　② が　　　　③ べんきょう　④ に

2. ＿＿＿＿＿　★＿＿＿＿　＿＿＿＿＿　＿＿＿＿　。

   ① ください　② コーヒーを　③ して　　　④ あまく

3. ゆっくり　＿＿＿＿＿　＿＿＿＿＿　★＿＿＿＿　＿＿＿＿　ください。

   ① やすんで　② に　　　　③ なって　　　④ げんき

4. _____ _____ ★ _____ ください。

   ① きれい   ② へやを   ③ して   ④ に

5. おなかが _____ ★ _____ _____ 。

   ① いっぱいです   ② ねむく

   ③ なりました   ④ から

● 讀解問題

從①～④之中選出正確答案填入（　　　　）裡。

（　A　）　テストです。わたしは　クラスで　いつも　2ばんです。こんどの　テストでは　1ばん（　B　）　なりたいです。べんきょうしなければ　なりません。そとは　あめです。あめの　おとが　きもちが　よくて、（　C　）　なります。（　D　）　べんきょうできませんから、コーヒーを　こく　して、のみました。とても　（　E　）です。

A. ① もうすぐ   ② まっすぐ ③ まず   ④ もちろん

B. ① で   ② から   ③ まで   ④ に

C. ① いいに   ② ねむく   ③ げんきに ④ あかるく

D. ① もっと   ② そろそろ ③ ぜんぜん ④ だんだん

E. ① わかった   ② よわかった

   ③ くらかった   ④ にがかった

「やってみよう」解答

問題 1.

1	2	3	4
③	④	③	③

1. 最近寒（③く）なりました。　最近變冷了。

2. もう少し（④明るく）してくださいませんか。　可以再開亮一點嗎？

3. 妹は医者（③に）なりました。　妹妹成了醫生。

4. たくさん歩きましたから、足が（③痛く）なりました。
   因為走了很多路，腳變痛了。

問題 2.

1	2	3	4	5
①	④	②	④	④

1. 勉強　が　好き　に　なりました。　變得喜歡唸書。
   　　　　　　★

2. コーヒーを　甘く　して　ください。　請將咖啡調甜。
   　　　　　　★

3. ゆっくり　休んで　元気　に　なって　ください。
   　　　　　　　　　　★

   請好好休息，恢復精神。

4. 部屋を　きれい　に　して　ください。　請將房間打掃乾淨。
   　　　　　　★

5. おなかが　いっぱいです　から　眠く　なりました。
   　　　　　　　　　　★

   因為肚子很飽，變得想睡覺。

讀解問題

A	B	C	D	E
①	④	②	③	④

（A. ①もうすぐ）テストです。私はクラスでいつも2番です。今度のテストでは1番（B. ④に）なりたいです。勉強しなければなりません。外は雨です。雨の音が気持ちが良くて、（C. ②眠く）なります。（D. ③全然）勉強できませんから、コーヒーを濃くして、飲みました。とても（E. ④苦かった）です。

就快要考試了。我到目前為止在班上總是排名第二。這次的考試想成為第一名。不讀書不行。外面在下雨。雨聲好舒服，變得想睡覺。因為完全無法讀書，所以把咖啡沖得很濃，然後喝下。非常苦。

第十六單元 動作的完了・未完了

一、もう～

意思：已經～。

説明：表示已經結束的動作。

接續：（一）もう＋動詞的過去式肯定形

（二）もう＋否定句

例句：

- もう　決まりましたか。　　　　　　　已經決定好了嗎？
- 陳さんは　もう　家に　帰りましたか。　陳先生已經回家了嗎？
- もう　昼ごはんを　食べましたか。　　已經吃過午飯了嗎？
- もう　時間が　ありませんから、早く　して　ください。
  因為已經沒有時間了，請快一點。
- もう　飲み物が　ありませんから、買いに　行きましょう。
  因為已經沒有飲料了，一起去買吧！

二、まだ～

（一）

意思：還有、尚有。

説明：表示當下的狀態或程度。

接續：まだ＋肯定句

例句：

- まだ 時間が ありますから、急がなくても いいですよ。
  因為還有時間，所以不用急也沒關係喔。

- まだ たくさん ありますから、たくさん 食べて ください。
  還有很多，請盡量吃。

（二）

意思：還沒、尚未。

説明：表示在當下，事情還沒發生或動作還沒進行。

接續：まだ＋否定句

例句：

- A：「もう 決まりましたか。」　　　A：「已經決定好了嗎？」

  B：「いいえ、まだです。」　　　　B：「不，還沒有。」

- A：「もう ごはんを 食べましたか。」　A：「已經吃飯了嗎？」

  B：「いいえ、まだ 食べて いません。」　B：「不，還沒吃。」

- A：「第7課は もう 終わりましたか。」

  A：「第7課已經結束了嗎？」

  B：「いいえ、まだ 終わって いません。」

  B：「不，還沒結束。」

三、～と　いう

意思：稱做～的～。

説明：用於説明説話者與聽話者不知道的人事物。

接續： 名詞1 ＋と　いう＋ 名詞2

例句：

- 田中さんと　いう　人が　来ましたよ。
  有位叫做田中先生的人來過了喔。

- トムヤンクンと　いう　スープを　知って　いますか。
  知道名為トムヤンクン（冬蔭功）的湯嗎？

- 昨日　「白い恋人」と　いう　お菓子を　食べました。
  昨天吃了叫做「白色戀人」的點心。

注意

（一）若説話者與聽話者熟知的人事物，則不能使用此句型。

例句：

- × 富士山と　いう　山に　登った　ことが　あります。
  有登過名為富士山的山。

- →○ 富士山に　登った　ことが　あります。 登過富士山。

（二）要在「名詞1」放入具體的名詞，「名詞2」則是放入總稱的名詞。

例句：

- 私は、今金と　いう　町で　生まれました。
  我出生於名為「今金」的城市。

四、やってみよう

● 問題 1.

請選出正確答案。

1. A：「（まだ・もう）　おふろに　はいりましたか。」

　　B：「いいえ、（まだ・もう）。」

2. かぜは　（まだ・もう）　よく　なりましたか。

3. （まだ・もう）　この　ほんを　よみましたか。

4. （まだ・もう）　かいものに　いって　いませんから、これから　いきます。

● 問題 2.

請從 ☐ 之中選出正確的語詞填入（　　　　）中。

| た
食べ_{もの}
物 | びょういん
病院 | ひと
人 | がっこう
学校 | ところ
所 |

1. 山下さんと　いう　（　　　　　）が　部長と　なはしを　して　います。

2. わたしは　元気大学と　いう　（　　　　　）で　べんきょうして　います。

3. オレンジびょういんと　いう　（　　　　　）は　どこですか。

4. きのう　高山と　いう　（　　　　　）へ　いきました。

5. 納豆と　いう　（　　　　　）は　おいしいですか。

● 問題 3.

將選項①～④組成句子，並選擇一個放入★的最佳答案。

1. こんばんの ＿＿＿＿ ＿★＿ ＿＿＿＿ ＿＿＿＿ できました。

 ① パーティーの   ② りょうりは

 ③ もう   ④ ぜんぶ

2. ＿＿＿＿ ＿＿＿＿ ＿★＿ ＿＿＿＿ いません。

 ① あさごはん   ② たべて

 ③ まだ   ④ を

3. 山田さん ＿★＿ ＿＿＿＿ ＿＿＿＿ ＿＿＿＿ ありましたよ。

 ① という ② から ③ でんわが ④ ひと

4. きょうは ＿★＿ ＿＿＿＿ ＿＿＿＿ ＿＿＿＿ ましょう。

 ① おわり   ② ありませんから

 ③ もう   ④ じかんが

5. まだ ＿＿＿＿ ＿★＿ ＿＿＿＿ ＿＿＿＿ かえって ください。

 ① さきに   ② たくさん

 ③ ありますから   ④ しごとが

● 讀解問題

A.～D. 題，從①～④之中選出正確答案填入（   ）裡。E. 題選出最正確的答案。

 きのう、まだ 10 がつですが、にほんは （ A ） ゆきが ふりました。わたしの くには フィージー（ B ） あたたかい くにで、

ゆきが　ふりません。はじめて　ゆきを　みたのは、3ねんまえです。だいがく1ねんせいの　ときです。その　ときは、とても　うれしくて、（　C　）　くにの　りょうしんや　ともだちに　でんわを　しました。でも、いまは　もう　ゆきは　めずらしく　ありません。（　D　）、わたしは　さむいのが　きらいですから、きのうは　「ああ、もう　ふゆが　きた……」と　すこし　がっかりしました。

A. ①　また　②　もう　　③　きっと　④　もっと
B. ①　の　　②　から　　③　と　　　④　という
C. ①　おそく　②　ぜったい　③　すぐに　④　よく
D. ①　けど　②　そして　③　そんなに　④　じゃ
E. ①　くにでも　ゆきが　ふりますから、めずらしく　ありません。
　　②　ゆきが　すきですから、いつも　かぞくや　ともだちに　でんわを　します。
　　③　いまは　ゆきが　あまり　すきでは　ありません。
　　④　さむいのが　きらいですから、はやく　あたたかい　フィージーへ　かえりたいです。

「やってみよう」解答

問題1.

1. A：「（まだ・もう）お風呂に入りましたか。」
　　A：「已經去泡過澡了嗎？」

　B：「いいえ、（まだ・もう）。」　B：「不，還沒。」

2. 風邪<ruby>風邪<rt>かぜ</rt></ruby>は（まだ・**もう**）良<ruby>良<rt>よ</rt></ruby>くなりましたか。 感冒已經好了嗎？

3. （まだ・**もう**）この本<ruby>本<rt>ほん</rt></ruby>を読<ruby>読<rt>よ</rt></ruby>みましたか。 這本書已經讀了嗎？

4. （**まだ**・もう）買<ruby>買<rt>か</rt></ruby>い物<ruby>物<rt>もの</rt></ruby>に行<ruby>行<rt>い</rt></ruby>っていませんから、これから行<ruby>行<rt>い</rt></ruby>きます。
因為還沒有去買東西，所以現在要去。

問題 2.

1. 山下<ruby>山下<rt>やました</rt></ruby>さんという（人<ruby>人<rt>ひと</rt></ruby>）が部長<ruby>部長<rt>ぶちょう</rt></ruby>と話<ruby>話<rt>はなし</rt></ruby>をしています。
叫做山下先生的人正在和部長講話。

2. 私<ruby>私<rt>わたし</rt></ruby>は元気大学<ruby>元気大学<rt>げんきだいがく</rt></ruby>という（学校<ruby>学校<rt>がっこう</rt></ruby>）で勉強<ruby>勉強<rt>べんきょう</rt></ruby>しています。
我正在叫做元氣大學的學校讀書。

3. オレンジ病院<ruby>病院<rt>びょういん</rt></ruby>という（病院<ruby>病院<rt>びょういん</rt></ruby>）はどこですか。
叫做Orange的醫院在哪裡呢？

4. 昨日<ruby>昨日<rt>きのう</rt></ruby>高山<ruby>高山<rt>たかやま</rt></ruby>という（所<ruby>所<rt>ところ</rt></ruby>）へ行<ruby>行<rt>い</rt></ruby>きました。 昨天去了一個名叫高山的地方。

5. 納豆<ruby>納豆<rt>なっとう</rt></ruby>という（食<ruby>食<rt>た</rt></ruby>べ物<ruby>物<rt>もの</rt></ruby>）はおいしいですか。 叫做納豆的食物好吃嗎？

問題 3.

1	2	3	4	5
②	③	①	③	②

1. 今晩<ruby>今晩<rt>こんばん</rt></ruby>の <u>パーティーの</u> 料理<ruby>料理<rt>りょうり</rt></ruby>は もう 全部<ruby>全部<rt>ぜんぶ</rt></ruby> できました。

今晚派對的料理已經全做好了。

2. 朝<ruby>朝<rt>あさ</rt></ruby>ごはん を <u>まだ</u> 食<ruby>食<rt>た</rt></ruby>べて いません。 早餐還沒吃。

3. 山田<ruby>山田<rt>やまだ</rt></ruby>さん <u>という</u> 人<ruby>人<rt>ひと</rt></ruby> から 電話<ruby>電話<rt>でんわ</rt></ruby>が ありましたよ。

有位叫做山田先生的人打電話來了喔。

4. 今日は　もう　時間が　ありませんから　終わり　ましょう。

因為今天已沒有時間了，就結束吧！

5. まだ　仕事が　たくさん　ありますから　先に　帰ってください。

因為還有很多工作，所以請先回去。

讀解問題

A	B	C	D	E
②	④	③	②	③

　　昨日、まだ 10 月ですが、日本は（A.②もう）雪が降りました。私の国はフィージー（B.④という）暖かい国で、雪が降りません。初めて雪を見たのは、3 年前です。大学 1 年生の時です。その時は、とても嬉しくて、（C.③すぐに）国の両親や友達に電話をしました。でも、今はもう雪は珍しくありません。（D.②そして）、私は寒いのが嫌いですから、昨日は「ああ、もう冬が来た……」と少しがっかりしました。

　　昨天還是十月，但是日本已經下雪了。我的國家是一個叫做斐濟的溫暖國家，不會下雪。第一次看到雪是在三年前。在我大學一年級的時候。那時候非常開心，馬上打了電話給家鄉的父母跟朋友。但是，現在雪已經不稀奇了。而且我很討厭寒冷，所以昨天覺得「啊，冬天已經來了……」，有點失望。

E.

① 国でも雪が降りますから、珍しくありません。

　　自己的國家也會下雪，所以不稀奇。

② 雪が好きですから、いつも家族や友達に電話をします。

　　因為喜歡雪，總是打電話給家人和朋友。

③ 今は雪があまり好きではありません。　現在不太喜歡雪。

④ 寒いのが嫌いですから、早く暖かいフィージーへ帰りたいです。

不喜歡寒冷，所以想快點回到溫暖的斐濟。

第十七單元　Aは　Bが……。

一、〜は　〜が　好き、嫌い、上手、下手です。

意思：A 對於 B 喜歡、討厭、拿手、不擅長。

説明：用於表達對事物的喜好及能力。

接續：Aは　Bが　（上手・下手・好き・嫌い）です。

例句：

- 父は　寿司が　好きです。　　　父親喜歡壽司。
- 娘は　にんじんが　嫌いです。　女兒討厭紅蘿蔔。
- 姉は　ピアノが　上手です。　　姉姉擅長彈鋼琴。
- 息子は　日本語が　下手です。　兒子不擅長日文。

注意

（一）「好き」（喜歡）、「嫌い」（討厭）、「上手」（擅長）、「下手」（不擅長）前面的助詞要用「が」，來表示前面的名詞是主語。而文章的主題則是用助詞「は」來表示。

（二）「好き」、「嫌い」、「上手」、「下手」都是「な形容詞」，否定形是「〜では（じゃ）　ありません」（じゃ是口語用法）。這當中需要特別注意的是「嫌い」，因為它很容易跟「い形容詞」混淆。

二、〜は　〜が　分<ruby>わ<rt></rt></ruby>かります・あります。

意思：A懂B，A有B。

説明：表達擁有的事物及能力。

接續：Aは　Bが　（分<ruby>わ<rt></rt></ruby>かります・あります）。

例句：

- 私<ruby>わたし<rt></rt></ruby>は　フランス語<ruby>ご<rt></rt></ruby>が　わかります。　　我懂法文。
- 林<ruby>りん<rt></rt></ruby>さんは　車<ruby>くるま<rt></rt></ruby>が　2台<ruby>にだい<rt></rt></ruby>　あります。　　林先生有兩台車。
- 先生<ruby>せんせい<rt></rt></ruby>は　自転車<ruby>じてんしゃ<rt></rt></ruby>が　ありますか。　　老師有腳踏車嗎？

三、やってみよう

● 問題1.

從①〜④之中選出正確答案填入（　　　）裡。

1. わたしは　スポーツ（　　　）　すきです。

　　① に　　　　② で　　　　③ が　　　　④ を

2. ちちは　うたが　（　　　）。

　　① じょうずく　ありません　　② じょうずじゃ　ありません

　　③ じょうずないです　　　　　④ じょうずありません

3. あしたは　ともだちと　やくそく（　　　）　あります。

　　① で　　　　② か　　　　③ が　　　　④ に

4. おとうとは　やさいが　（　　　）です。

　　① くらい　　② つらい　　③ きれい　　④ きらい

將選項①～④組成句子，並選擇一個放入★的最佳答案。

1. わたしは ＿＿＿＿ ＿★＿ ＿＿＿ ＿＿＿ 。

   ① が　　　　　　　　　② わかりません

   ③ フランスご　　　　　④ ぜんぜん

2. ＿＿＿ ＿＿＿ ＿★＿ ＿＿＿ あります

   ① が　　　② いえに　　　③ 3だい　　　④ コンピューター

3. ＿＿＿ ＿＿＿ ＿★＿ ＿＿＿ いそがしいです。

   ① らいしゅうの　　　　② ありますから

   ③ しごとが　　　　　　④ どようびは

4. ＿＿＿ ＿＿＿ ＿★＿ ＿＿＿ ゆっくり　はなして
   ください。

   ① わかりませんから　　② にほんご

   ③ あまり　　　　　　　④ が

● 讀解問題

從①～④之中選出正確答案填入（　　　　）裡。

A：「わたしは　にほん（　A　）　だいすきです。よく　にほんの　アニ
　　メや　ドラマを　みたり、にほんの　おんがくを　きいたり　して　い
　　ます。にほんの　たべものでは、すしや　ラーメンが　すきです。」

B：「わたしの　ははは　にほんじんですから、よく　にほんりょうりを
　　つくりますよ。」

B：「そうですか。いいですね。こんど　あそびに　（　B　）たいで
　　す。」

A：「いいですよ。あっ、でも、わたしの　ははは　ちゅうごくごが
　　（　C　）　じょうずでは　ありませんよ。陳さんは　にほんごが　わ
　　かりますか。」

B：「はい、すこしだけ。アニメや　まんが（　D　）　ならいました。」

A：「へえ、そうですか。じゃ、こんど　（　E　）　あそびに　きて　く
　　ださいね。」

A．①　の　　　　　②　が　　　③　で　　　　④　に
B．①　いく　　　　②　いか　　③　いき　　　④　いって
C．①　あまり　　　②　とても　③　ずっと　　④　きっと
D．①　に　　　　　②　を　　　③　で　　　　④　は
E．①　そろそろ　　②　どうも　③　たぶん　　④　ぜひ

「やってみよう」解答

問題1.

1	2	3	4
③	②	③	④

1. 私はスポーツ（③が）好きです。　我喜歡運動。

2. 父は歌が（②上手じゃありません）。　爸爸不擅長唱歌。

3. 明日は友達と約束（③が）あります。　明天和朋友有約。

4. 弟は野菜が（④嫌い）です。　弟弟討厭蔬菜。

問題 2.

1	2	3	4
①	①	③	③

1. 私_{わたし}は　フランス語_ご　が　全然_{ぜんぜん}　分_わかりません。　我完全不懂法文。
　　　　　　　　　　　★

2. 家_{いえ}に　コンピューター　が　3台_{さんだい}　あります。　家裡有三台電腦。
　　　　　　　　　　　　　★

3. 来週_{らいしゅう}の　土曜日_{どようび}は　仕事_{しごと}が　ありますから　忙_{いそが}しいです。
　　　　　　　　　　　　　★

　　下週六因為有工作，所以會很忙。

4. 日本語_{にほんご}　が　あまり　分_わかりませんから、ゆっくり話_{はな}してください。
　　　　　　　　　★

　　因為不太懂日文，所以請慢慢説。

讀解問題

A	B	C	D	E
②	③	①	③	④

A：「私_{わたし}は日本_{にほん}（A.②が）大好_{だいす}きです。よく日本_{にほん}のアニメやドラマを見_みたり、日本_{にほん}の音楽_{おんがく}を聞_きいたりしています。日本_{にほん}の食_たべ物_{もの}では、寿司_{すし}やラーメンが好_すきです。」

A：「我非常喜歡日本。經常會看看日本的動漫、日劇，或是聽聽日文歌。而在日本的食物中，喜歡壽司和拉麵。」

B：「私_{わたし}の母_{はは}は日本人_{にほんじん}ですから、よく日本料理_{にほんりょうり}を作_{つく}りますよ。」

B：「我的母親是日本人，所以常常做日本料理喔。」

A：「そうですか。いいですね。今度遊びに（B.③行き）たいです。」

A：「這樣啊！真好耶！下次想去玩。」

B：「いいですよ。あっ、でも、私の母は中国語が（C.①あまり）上手ではありませんよ。陳さんは日本語が分かりますか。」

B：「好啊！啊，但是，我母親的中文不太好耶。陳先生懂日文嗎？」

A：「はい、少しだけ。アニメや漫画（D.③で）習いました。」

A：「會，一點點而已。從動漫和漫畫中學的。」

B：「へえ、そうですか。じゃ、今度（E.④ぜひ）遊びに来てくださいね。」

B：「哇！這樣啊！那，下次請一定要來玩喔！」

第十八單元 | ～ないで・～でしょう。

一、～ないで

意思：沒有～。

説明：（一）在沒有做前面動作的情況下，就做了後面的動作。

（二）沒做前者，而做後者。

接續：動詞（ない形）＋ないで

例句：

（一）

- 眼鏡を　かけないで、車を　運転します。　　沒戴眼鏡就開車。
- お金を　持たないで、買い物に　行きました。　沒帶錢就去買東西了。
- コーヒーに　砂糖を　入れないで　飲みます。　咖啡沒加糖就喝。

（二）

- 昨日は　遊びに　行かないで、家に　いました。
  昨天沒出去玩，待在家裡。
- 今日は　バスを　使わないで、歩いて　学校へ　来ました。
  今天沒坐公車，走路來學校。
- 今晩　ごはんを　作らないで、外で　食べました。
  今晚沒做晚餐，在外面吃。

二、～でしょう。

意思：大概～吧。

説明：用於説話者對於不清楚的過去、現在及未來的推測時。

接續：動詞 / い形容詞 / な形容詞 / 名詞（普通形）＋でしょう。

例句：

- 明日も　雨が　降るでしょう。　　　明天應該會下雨吧！

- 陳さんの　持って　いる　時計は　たぶん　高いでしょう。
  陳先生的手錶應該很貴吧。

- あの　先生は　たぶん　独身でしょう。　那位老師應該單身吧。

注意　な形容詞及名詞後接「でしょう」時須將語尾「だ」去掉。

三、やってみよう

● 問題 1.

從①～④之中選出正確答案填入（　　　　）裡。

1. ずっと　いえに　（　　　　）、そとへ　でかけませんか。
   ①　いなくて　②　いないで　③　いなくても　④　いない

2. あしたは　ゆきが　（　　　　）でしょう。
   ①　ふりて　　②　ふって　　③　ふる　　　④　ふると

3. あしたの　しけんは　たぶん　（　　　　）でしょう。
   ①　かんたんだ　②　かんたん　③　かんたんな　④　かんたんに

4. 山田せんせいは　たぶん　ちゅうごくごが　（　　　　）でしょう。

（山だ）

　　①　じょうず　　②　じょうずに　③　じょうずだ　④　じょうずな

5. かさを　（　　　　）、がっこうへ　いきました。

　　①　もたないで　　　　　　　②　もっていって

　　③　もたなくて　　　　　　　④　もってないで

● 問題 2.

將選項①～④組成句子，並選擇一個放入★的最佳答案。

1. かいぎは　＿＿＿＿＿　＿★＿＿＿　＿＿＿＿＿　＿＿＿＿＿　。

　　①　でしょう　　②　まだ　　　③　おわって　　④　いない

2. よる　＿＿＿＿＿　＿＿＿＿＿　＿★＿＿＿　＿＿＿＿＿　。

　　①　けさ　　　　②　ないで　　③　でんきを　④　ねました

3. けさ　＿＿＿＿＿　＿★＿＿＿　＿＿＿＿＿　＿＿＿＿＿　。

　　①　ごはんを　　　　　　　　②　ぎゅうにゅうだけ

　　③　のみました　　　　　　　④　たべないで

4. そらが　＿＿＿＿＿　＿＿＿＿＿　＿＿＿＿＿　＿★＿＿＿　でしょう。

　　①　くらく　なった　　　　　②　あめが

　　③　から　　　　　　　　　　④　ふる

5. これから　＿＿＿＿＿　＿＿＿＿＿　＿★＿＿＿　＿＿＿＿＿　でしょう。

　　①　なる　　　　　　　　　　②　だんだん

　　③　にほんごは　　　　　　　④　むずかしく

● 讀解問題

從①～④之中選出正確答案填入（　　　　）裡。

　　さいきんは　けっこんしない　ひとが　おおく　なりました。けっこん（　A　）、ひとりで　いる　ほうが　らくだからです。おかねも　じかんも　じゆうに　つかう　ことが　できます。なに（　B　）　かんがえないで、すきな　ときに、りょこうに　いく　ことが　できます。ほしい　ものを　かう　ことが　できます。（　C　）、としを　とったら、（　D　）でしょうか。さびしく　ないですか。もんだいは　それだけでは　ありません。この　くには　どう　なるでしょう。（　E　）そして、いろいろな　もんだいが　おこるでしょう。

A. ①　しなくて　　②　して　　③　しないから　　④　しないで

B. ①　を　　②　も　　③　か　　④　が

C. ①　しかし　　②　そして　　③　それから　　④　が

D. ①　どれ　　②　どんな　　③　どうして　　④　どう

E.

　　①　けっこんは　じゆうが　ないですから、たのしく　ないでしょう。

　　②　わかい　ひとは　けっこんする　ひとが　おおく　なるでしょう。

　　③　こどもの　かずは　だんだん　すくなく　なるでしょう。

　　④　さびしい　ときは、ともだちや　かぞくと　はなしましょう。

「やってみよう」解答

問題 1.

1	2	3	4	5
②	③	②	①	①

1. ずっと家に（②いないで）、外へ出かけませんか。
   不要一直待在家裡，要不要出去呢？
2. 明日は雪が（③降る）でしょう。　明天應該會下雪吧。
3. 明日の試験はたぶん（②簡単）でしょう。　明天的考試應該滿簡單的吧。
4. 山田先生はたぶん中国語が（①じょうず）でしょう。
   山田先生的中文應該滿厲害的吧。
5. 傘を（①持たないで）、学校へ行きました。　沒有帶傘，就去了學校。

問題 2.

1	2	3	4	5
③	②	④	④	④

1. 会議は　まだ　終わって　いない　でしょう。　會議還沒結束吧。
   　　　　　　　　　　　★

2. 夜　電気を　消さ　ないで　寝ました。　晚上沒關燈，就睡了。
   　　　　　　　　　★

3. 今朝　ごはんを　食べないで　牛乳だけ　飲みました。
   　　　　　　　　　★

   今早沒吃早餐，只喝了牛奶。

4. 空が　暗くなった　から　雨が　降る　でしょう。
   　　　　　　　　　　　　　　★

   因為天空變暗了，所以會下雨了吧。

5. これから　日本語（にほんご）は　だんだん　難（むずか）しく　なる　でしょう。
★

接下來日文會漸漸變難吧。

讀解問題

A	B	C	D	E
④	②	①	④	③

　最近（さいきん）は結婚（けっこん）しない人（ひと）が多（おお）くなりました。結婚（けっこん）（A.④しないで）1人（ひとり）でいるほうが楽（らく）だからです。お金（かね）も時間（じかん）も自由（じゆう）に使（つか）うことができます。何（なに）（B.②も）考（かんが）えないで、好（す）きな時（とき）に、旅行（りょこう）に行（い）くことができます。ほしい物（もの）を買（か）うことができます。（C.①しかし）、年（とし）を取（と）ったら、（D.④どう）でしょうか。寂（さび）しくないですか。問題（もんだい）はそれだけではありません。この国（くに）はどうなるでしょう。（E.③子供（こども）の数（かず）はだんだん少（すく）なくなるでしょう。）そして、いろいろな問題（もんだい）が起（お）こるでしょう。

　　最近不結婚的人變多了。因為不結婚一個人比較輕鬆。不論錢或時間都能自由使用。什麼都不用考慮，喜歡的時候，就能去旅行。也能買想要的東西。只是，如果老了，該怎麼辦呢？不會寂寞嗎？問題不是只有這樣。這個國家會變怎樣呢？小孩人數會越來越少吧？然後，許多的問題也會產生吧？

日文可分為自動詞和他動詞。

一、自動詞

　　所謂的「自動詞」，是不管目的語，也就是句子當中沒有「目的語＋を」，也能夠呈現完整意思的動詞。自動詞的重點，要放在接受動作的對象，到底發生了什麼作用、起了什麼變化（焦點放在動作的對象），至於是誰、又是做了什麼行動，則不是重點。

　　自動詞又分為以無生命之物當主詞的「無意志動詞」，與以人當主詞的「意志動詞」。

（一）以（物：無生命）為主語的自動詞

接續：（物）が＋自動詞

說明：對於自然、事情、狀態等的描述，通常屬於自然、沒有人的意志的動詞。

例句：

- 雨（あめ）が　降（ふ）って　います。　正在下雨。
- 春（はる）に　なると、桜（さくら）が　咲（さ）きます。　一到春天，櫻花就會開花。
- 猫（ねこ）が　窓（まど）から　出（で）て　きた。　貓咪從窗戶跑出去了。

（二）以（人‧動物等：有生命）為主語的自動詞

接續：（人‧有生命）が＋自動詞

說明：以人（動物）為主詞的自動詞，雖然和他動詞一樣屬於意志動詞，但
焦點著重在接受動作的對象。

例句：

- 田中さんは　毎日　会社へ　行きます。　　田中先生每天都去公司。
- 鳥が　飛んで　います。　　　　　　　　　鳥正在飛。

注意

　　這裡的自動詞因與他動詞同樣是意志動詞，所以如果動詞前有助詞「を」的情形，很
容易與他動詞混淆。

　　即使有「を」仍是自動詞的情形：

1. 表示通過的場所。如：「道を　歩く」（走過道路）、「空を　飛ぶ」（在空中飛）、
「橋を　渡る」（渡橋）。
2. 表示離開某個場所。如：「部屋を　出る」（離開房間）、「電車を　降りる」（下
車）、「会社を　辞める」（辭職）。

二、他動詞

　　「他動詞」是動作主體有具體的提示，由於是動作主語的意志而產生動
作，故為意志動詞。相較於動作主體用「を」來表示目的語，他動詞則是用
於要推動、進行某種事物時。

接續：（人‧有生命）が＋（對象）を＋他動詞

說明：重點放在誰、為何要進行該動作。

- 陳さんは 毎日 コーヒーを 飲みます。　陳先生每天都喝咖啡。
- 今日は 私が 車を 運転します。　　　　今天我開車。

1. 助詞「が」作用在點出「主語」（主角），所表現的意義有兩種：

①敘述句的主角（後接自動詞）。

②動作者（後接他動詞，即做動作的主角）。

2. 在一個句子裡，如果「が」換成「は」，則所強調的重點不同。使用「が」的話，句子的重點在主語；使用「は」的話，句子的重點在其後一直到句尾的部分。

三、自動詞・他動詞的種類

（一）自他同形：

自動詞和他動詞一樣。這在日文中非常少見。

例句：

- 子供が 笑う。　　　（自動詞）　孩子笑著。
- 姉は 弟を 笑う。（他動詞）　姊姊笑弟弟。

（二）只有他動詞：

只是「他動詞」的動詞有「食べる」（吃）、「殺す」（殺）等。

（三）只有自動詞：

只是自動詞的動詞有「ある」（存在動詞）、「できる」（可以、完成）等。

（四）自動詞與他動詞成對：

1. （が）＿＿＿＿aru ⇔ （を）＿＿＿＿eru

   しまる shim**aru**　　　　しめる shim**eru**

   「ドアが閉まる。」（門關著。）⇔「ドアを閉める。」（把門關上。）

2. （が）＿＿＿＿u ⇔ （を）＿＿＿＿eru

   つく tsuk**u**　　　　つける tsuk**eru**

   「電気がつく。」（電燈亮著。）⇔「電気をつける。」（打開電燈。）

3. （が）＿＿＿＿reru ⇔ （を）＿＿＿＿su

   よごれる yogo**reru**　　　　よごす yogo**su**

   「服が汚れる。」（衣服是髒的。）⇔「子供はよく服を汚す。」（孩子很常把衣服用髒。）

4. （が）＿＿＿＿iru ⇔ （を）＿＿＿＿osu

   おきる ok**iru**　　　　おこす ok**osu**

   「毎朝 6 時に起きます。」（每天早上六點起床。）⇔「毎日子供を 6 時に起こす。」（每天在六點叫孩子起床。）

5. （が）＿＿＿＿ru ⇔ （を）＿＿＿＿su

   でる de**ru**　　　　だす da**su**

   「猫が窓から出る。」（貓咪從窗戶出去。）⇔「猫を外に出す。」（把貓咪放到外面。）

6. （が）＿＿＿＿u ⇔ （を）＿＿＿＿asu

   とぶ tob**u**　　　　とばす tob**asu**

   「飛行機が飛ぶ。」（飛機在飛。）⇔「紙飛行機を飛ばす。」（放紙飛機飛。）

四、やってみよう

● 問題 1.

請選出正確的自・他動詞。

1. 「あついですね。エアコンを　（つきましょう・つけましょう）か。」

   「いいえ、だいじょうぶです。まどを　（あき・あけ）ましょう。」

2. 「もしもし、さいふが　（おちました・おとしました）よ。」

3. 「この　ペン、（こわれました・こわしました）よ。」

   「（こわれました・こわしました）んじゃなくて　（こわれました・こわしました）んでしょう。」

4. 「えきの　まえに　おおぜいの　ひとが　（あつまって・あつめて）いますよ。」

   「じこかもしれません。ひとが　（たおれて・たおして）　いましたから。」

5. 「おかあさん。いえの　なかに　となりの　いえの　ねこが　（はいって・いれて）　いるよ。」

   「ドアを　ちゃんと　（しまらなかった・しめなかった）の？」

6. 「あれ、でんきが　（きえて・けして）　いる。るすだね。」

7. 「この　ケーキを　4つに　（きれて・きって）　ください。」

8. 「さむいひが　（つづいて・つづけて）　いますね。」

9. 「あー、ふくが　（よごれて・よごして）　しまいました。」

10.「あとで、ともだちが　きますから、ジュースを　（ひえて・ひやし
　　て）　おきましょう。」

● 讀解問題

請選出正確的自・他動詞。

11月10日（げつようび）

　せんげつから　あたらしい　ドラマが　（A. はじまった・はじめた）。
ぼくの　だいすきな　アイドルの　ドラマだから、まいしゅう　げつよう
びの　よるは　ざんぎょうを　しないで、はやく　いえに　かえる。きょ
うは　げつようびだ。しごとが　おわってから、ドラマの　じかんまでに
いえに　もどって、いそいで　テレビを　（B. つけ・つき）たが、テレビ
が　ぜんぜん　（C. つか・つき）なかった。さいきん　テレビの　ちょう
しが　わるかったから、（D. こわれた・こわした）のかも　しれない。は
やく　あたらしい　テレビに　（E. かわら・かえ）ないと。（泣）

「やってみよう」解答

問題 1.

1.「暑いですね。エアコンを（つけましょう）か。」
　「很熱呢。要把冷氣打開嗎？」
　「いいえ、大丈夫です。窓を（開け）ましょう。」
　「不用，沒關係。開窗戶吧。」

2.「もしもし、財布が（落ちました）よ。」
　「喂，錢包掉了喔。」

3. 「このペン、（壊れました）よ。」
「這支筆，壞掉了喔。」

「（壊れました）んじゃなくて（壊しました）んでしょう。」
「不是壞掉的，是弄壞的吧。」

4. 「駅の前に大勢の人が（集まって）いますよ。」
「車站前有好多人聚集耶。」

「事故かもしれません。人が（倒れて）いましたから。」
「可能有事故。因為有人倒在那兒了。」

5. 「お母さん。家の中に隣の家の猫が（入って）いるよ。」
「媽媽。隔壁家的貓跑進來家裡囉。」

「ドアをちゃんと（閉めなかった）の?」
「沒有把門好好地關上嗎?」

6. 「あれ、電気が（消えて）いる。留守だね。」
「咦，燈是關著的呢。沒有人在家啊。」

7. 「このケーキを 4 つに（切って）ください。」
「請把這個蛋糕切成四份。」

8. 「寒い日が（続いて）いますね。」
「寒冷的天氣還持續著呢。」

9. 「あー、服が（汚れて）しまいました。」
「啊，衣服髒掉了。」

10. 「あとで、友達が来ますから、ジュースを（冷やして）おきましょう。」
「因為朋友等一下要來，先把果汁拿去冰吧。」

讀解問題

１１月 10 日（月曜日）

　先月から新しいドラマが（A. 始まった）。僕の大好きなアイドルのドラマだから、毎週月曜日の夜は残業をしないで、早く家に帰る。今日は月曜日だ。

仕事が終わってから、ドラマの時間までに家に戻って、急いでテレビを（B. つけ）たが、テレビが全然（C. つか）なかった。最近テレビの調子が悪かったから、（D. 壊れた）のかもしれない。早く新しいテレビに（E. 変え）ないと。（泣）

11 月 10 號（星期一）

　　新的戲劇在上個月開始了。因為是我最喜歡的偶像的戲劇，所以我每週一的晚上都不加班，早點回家。今天是星期一。工作結束後，在戲劇播放時間前回到家，急忙打開電視卻完全打不開。最近電視的狀況不好，可能是壞掉了也說不定。不快點換一個新電視不行了。（涙）

第二十單元 | 樣子・狀態

一、～て　います。

意思：（一）表示習慣性地重複同樣一個動作。

（二）表示某動作進行之後的結果持續存在著。

（三）表示職業或身分等。

接續：動詞（て形）＋います。

例句：

（一）

- 毎朝　散歩して　います。　　　　　　　　　　　每天早上會散步。
- いつも　寝る　前に、牛乳を　飲んで　います。　總是睡前喝牛奶。
- コンビニでも　お酒を　売って　います。　　　　便利商店也有賣酒。

（二）

- 木の　下に　みかんが　たくさん　落ちて　います。
  樹底下掉落了很多橘子。
- 虫が　死んで　います。　蟲死了。
- 陳さんは　赤い　スカートを　はいて　います。
  陳小姐穿著紅色的裙子。

（三）

- 父は　高校で　英語を　教えて　います。　父親在高中教英文。
- 母は　YCC会社で　働いて　います。　　　母親在YCC公司工作。

- 娘は　大学で　勉強して　います。　女兒在大學讀書。

二、～て　います・～て　あります。

（一）～て　います。

意思：狀態。

説明：表示説話者單純陳述眼前看到的具體事實。

接續：名詞＋が＋自動詞（て形）＋います。

例句：

- ドアが　開いて　います。　　門開著。
- ハンカチが　落ちて　います。　手帕掉了。
- シャツが　汚れて　います。　　襯衫髒了。

（二）～て　あります。

意思：狀態。

説明：表示某人有意圖地做了某動作，其結果所留下的狀態呈現（強調人為動作後存留的結果）。

接續：名詞＋が＋他動詞（て形）＋あります。

例句：

- 寒い　ですから、窓が　閉めて　あります。
  因為很冷，所以窗戶關著。
- 冷蔵庫に　ビールが　たくさん　入れて　あります。
  冰箱裡放著許多啤酒。

- ごはんは　もう　作って　あります。　飯已經在做了。

注意

1.「～て　います」與「～て　あります」的差異

ドアが　開いて　います。　　門開著。

ドアが　開けて　あります。　門開著。

（1）「ています」前動詞的不同

ドアが　開いて　います。　　門開著。

　　自動詞＋ています

ドアが　開けて　あります。　門開著。

　　他動詞＋てあります

（2）意思上的不同

ドアが　開けて　います。：無關目的或意思，單純陳述事實。

ドアが　開けて　あります。：有人為了某個理由或目的，就刻意開著。

共通點：表示結果的狀況。

2.「～て　います」的其他意義及用法請參考第二十單元P.325。

三、やってみよう

● 問題 1.

從①～④之中選出正確答案填入（　　　　）裡。

1. ふくが　よごれて　（　　　　）から、あらいましょう。

　　①　います　　　②　あります　　③　みます　　　④　おきます

2. ナイフと　フォークが　テーブルの　うえに　ならべて

　　（　　　　）。

　　①　います　　　②　あります　　③　します　　　④　おきます

3. じてんしゃが　（　　　　　）から、のっても　いいですよ。

   ① なおして　あります   ② なおって　あります

   ③ なおりません   ④ なおして　います

4. あ、さいふが　（　　　　　）よ。

   ① おちて　います   ② おちて　あります

   ③ おとして　います   ④ おとして　あります

5. かぜが　つよいですから、まどが　（　　　　　）。

   ① しめて　あります   ② しめて　います

   ③ しまって　います   ④ しまって　あります

● 問題 2.

將選項①～④組成句子，並選擇一個放入★的最佳答案。

1. きょうは　＿＿＿＿　＿＿＿＿　＿★＿　＿＿＿＿　あります。

   ① クーラーが   ② から

   ③ あついです   ④ つけて

2. あとで　＿＿＿＿　＿＿＿＿　＿★＿　＿＿＿＿　あります。

   ① ありますから   ② しりょうが

   ③ かいぎが   ④ コピーして

3. あの　みせは　＿＿＿＿　＿★＿　＿＿＿＿　＿＿＿＿　います。

   ① ひとが   ② ならんで

   ③ たくさん   ④ にんきが　あるから

4. きの ＿＿＿★＿＿ ＿＿＿＿＿ ＿＿＿＿＿ ＿＿＿＿＿ います。

　　① おちて　　　② りんごが　　③ した　　　④ に

5. そと ＿＿＿＿＿ ＿＿★＿＿ ＿＿＿＿＿ ＿＿＿＿＿ あります。

　　① が　　　　　② とめて　　　③ くるま　　④ に

● 讀解問題

從①～④之中選出正確答案填入（　　　　）裡。

　わたしは　3にん　かぞくです。しゅじんと　こどもが　ひとりです。しゅじんは　だいがく（　A　）　えいごを　おしえて　います。こどもは　こうこうで　べんきょうして　います。わたしも　はたらいて　います。かいしゃいんです。ばんごはんは、かえってから　いつも　わたし（　B　）　つくります。でも、ときどき　ざんぎょうが　あって、わたしが　（　C　）　かえると、ばんごはんが　つくって　（　D　）。しゅじんや　こどもが　つくって　くれます。（　E　）。

A.　① に　　　　　② が　　　　③ で　　　　　　④ の
B.　① が　　　　　② に　　　　③ で　　　　　　④ と
C.　① はやく　　　② すぐに　　③ あとで　　　　④ おそく
D.　① います　　　② あります　③ ください　　　④ もいいです
E.　① とても　たいへんです。　　② とても　いそがしいです。

　　③ とても　たのしいです。　　④ とても　うれしいです。

「やってみよう」解答

問題 1.

1	2	3	4	5
①	②	①	①	①

1. 服が汚れて（①います）から、洗いましょう。
   衣服髒了，所以來洗衣服吧。

2. ナイフとフォークがテーブルの上に並べて（②あります）。
   餐桌上排放著刀子和叉子。

3. 自転車が（①直してあります）から、乗ってもいいですよ。
   腳踏車已經修好，所以可以騎了喔。

4. あ、財布が（①落ちています）よ。　啊，錢包掉了喔。

5. 風が強いですから、窓が（①閉めてあります）。
   風很強，所以把窗戶關著。

問題 2.

1	2	3	4	5
①	②	①	③	③

1. 今日は　暑いです　から、クーラーが　つけて　あります。
   　　　　　　　　　　　　★

   因為今天很熱，所以開著空調。

2. あとで　会議が　ありますから　資料が　コピーして　あります。
   　　　　　　　　　　　★

   因為等等有場會議，所以將資料先影印好。

3. あの店は　人気があるから　人が　たくさん　並んで　います。
   　　　　　　　　　　　　★

   因為那間店很受歡迎，所以很多人在排隊。

4. 木の 下 に りんごが 落ちて います。 樹下有落下的蘋果。
　　　　★

5. 外 に 車 が 止めて あります。 外面停著一輛車。
　　　★

讀解問題

A	B	C	D	E
③	①	④	②	④

　私は 3 人家族です。主人と子供が 1 人です。主人は大学（A.③で）英語を教えています。子供は高校で勉強しています。私も働いています。会社員です。晩ごはんは帰ってから、いつも私（B.①が）作ります。でも、ときどき残業があって、私が（C.④遅く）帰ると、晩ごはんが作って（D.②あります）。主人や子供が作ってくれます。（E.④とても嬉しいです）。

　我們家有三個人。有老公和一個孩子。老公在大學教英文。小孩在高中讀書。我也在工作。是上班族。晚飯總是我回來之後才做。但是，有時候要加班，如果我很晚回來，晚餐就已經煮好了。先生跟小孩會幫忙做。我非常高興。

國家圖書館出版品預行編目資料

必考！新日檢N5文法‧句型 / 本間歧理著
-- 初版 -- 臺北市：瑞蘭國際, 2018.08
336面；17×23公分 --（檢定攻略系列；53）
ISBN：978-986-96580-8-9（平裝）
1.日語 2.語法 3.能力測驗

803.189　　　　　　　　107012726

檢定攻略系列 53

必考！新日檢N5文法‧句型

作者｜本間歧理‧責任編輯｜楊嘉怡、王愿琦、葉仲芸
校對｜本間歧理、楊嘉怡、王愿琦、葉仲芸

封面設計、版型設計、內文排版｜陳如琪
美術插畫｜Syuan Ho

瑞蘭國際出版
董事長｜張暖彗‧社長兼總編輯｜王愿琦
編輯部
副總編輯｜葉仲芸‧副主編｜潘治婷‧副主編｜鄧元婷
設計部主任｜陳如琪

業務部
副理｜楊米琪‧組長｜林湲洵‧組長｜張毓庭

出版社｜瑞蘭國際有限公司‧地址｜台北市大安區安和路一段104號7樓之1
電話｜(02)2700-4625‧傳真｜(02)2700-4622‧訂購專線｜(02)2700-4625
劃撥帳號｜19914152 瑞蘭國際有限公司‧瑞蘭國際網路書城｜www.genki-japan.com.tw

法律顧問｜海灣國際法律事務所　呂錦峯律師

總經銷｜聯合發行股份有限公司‧電話｜(02)2917-8022、2917-8042
傳真｜(02)2915-6275、2915-7212‧印刷｜科億印刷股份有限公司
出版日期｜2018年08月初版1刷‧定價｜350元‧ISBN｜978-986-96580-8-9
　　　　　2022年03月二版1刷

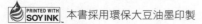

瑞蘭國際

瑞蘭國際